Heibonsha Library

［現代語訳］賤《しず》のおだまき

ラリー

Heibonsha Library

［現代語訳］

賤《しず》のおだまき

薩摩の若衆平田三五郎の物語

鈴木彰 訳
笠間千浪 解説

平凡社

本著作は平凡社ライブラリー・オリジナル版です。

目次

賤のおだまき

凡例

一、本書の底本には、国立国会図書館蔵『賎のおたまき　完』(明治十七年三月、四方子序。和装。請求番号 913.6／Si578／(1884))を用いた。

一、作品の歴史性に鑑みて、できるだけ原文の表現を生かして現代語訳することを心がけた。ただし、現代日本語としての読みやすさなどに配慮し、訳者の判断により、段落を設ける、語順を入れ替える、表現を補ったり削ったりする、といった操作を適宜おこなった。

一、底本の「目録」を参考にして章段名をつけた。

一、原則として漢字は新字体に、仮名は現代かなづかいとした。

一、和歌は底本のまま歴史的かなづかいで表記し、適宜、底本にはないふりがなを、歴史的かなづかいで補った。

一、内容を読み解く際の参考として、いくつかの語彙・表現等に略注を付した。

一、底本ではひとりの人物に複数の略称が用いられているため、読みやすさを考慮して、訳者の判断でゆるやかに統一した。

一、底本の明らかな誤植については、適宜訂正した。

(例)「聖郷」→「聖卿」　「玉質」→「王質」

(訳者)

繰糸艶語叙《しずのおだまきじょ》

鉄剣を贈り合ったふたりの仲[*1]からすれば、相手のために桃を食べ残したという話[*2]などどれほど甘美なことがあろうか。寝床を同じくしてともに月を眺めたふたりの前[*3]からは、鄂《がく》君子《くんし》[*4]が乗る船でさえも、当然はばかって退くことだろう。まして、その心に真があって義

*1――「高麗への出陣の仰せに、三五郎、清家との名残を惜しむ」の段で語られる話題に基づく。本書八〇頁以下参照。
*2――『韓非子』分桃の故事に基づく。
*3――「倉田軍平、尾上権六を頼る」や「高麗への出陣の仰せに、三五郎、清家との名残を惜しむ」の段で語られる話題に基づく。本書一六頁・八四頁参照。
*4――晳《せき》。越王の母弟。『説苑』巻十一に、越人がその美しさを悦び、歌を作ったという故事がある。

を重んじ、艶《あで》やかだがなまめかしくはなく、哀れだがいたましくないというのが本書である。私はまさに、生涯にわたってその内容を深く心に刻み、真心を尽くそうと思っている。聞けば、この書は西国薩摩の婦女の手に成ったものだという。ああ、糸を紡ぎ、織物を織ってはたらく余暇をつかって、これほどのことをなしとげてしまうとは。薩摩という地に、人を育てるしっかりした基盤があることは、これをもって想像することができよう。

梅の花が庭に満ちていて、笛を手に持って吹いている。垣根の外が飾られていて、庭のうちも美しい。流し目で相手を見つめるまなざし、たおやかで麗しいその顔つき。そうした情景は、『西廂記《せいしょうき》』[*5]で語られる、月がのぼるのを共に待つ男女の仲をいうときだけのものである。私はそれをよしとしない。

私は幼いころにはこれを習い、壮年になってからはこれを熟読した。とりわけ、世に本書の版本が存在しないことを[*6]惜しいことと思う。本書は世間で転々と伝えられていて、誤《ご》謬《びゅう》がすこぶる多い。近ごろ、同人と相談して字句を訂正し、これを活字にさせ、もって同好の人たちに頒布《はんぷ》しようと考えた。そこで私は自分が用いたところを記すことで本書の端を汚し、あわせて志を同じくする方々にこれを問おうとするものである。

明治十七年〔一八八四〕三月

四方子[*7]　誌《しる》す

＊5——中国、元の時代の戯曲。王実甫《おうじつぽ》の作。旅の書生と宰相の令嬢との恋愛を語る。
＊6——写本ばかりで、出版された本がないこと。
＊7——跋文（本書一二六頁）にみえる茨城県人多羅尾某にあたるか。

倉田軍平、尾上権六を頼る

今日からみれば、昨日はもはや昔のこと。それゆえ、ずいぶん昔のこととなったけれども、二年《ふたとせ》のあいだ続いた、あの庄内《しょうない》でのいくさ[*1]のときには、まだ双葉のような若衆から、杖をつきながら叛逆した老人まで、誰もが武功をたてて名を上げようとし、纓《えい》を結び直して殺された子路《しろ》[*2]のように礼を守った。親に先立つ子もいれば、子に先立たれる親もあって、みな涙で袂を濡らしたことだった。また、主君を失い、兄弟を討たれて、胸を焦《こ》がした人々もいた。

＊1――慶長四年（一五九九）に、日向国の庄内（現在の宮崎県都城市とその周辺）で起きた庄内の乱のこと。島津氏とその重臣であった伊集院氏が争い、最終的に伊集院忠真が降伏した。

＊2――孔子の弟子。仲由。『史記』による。

そうした離別の愁いはさまざまだったが、とりわけ哀れだったのは、平田三五郎宗次《ひらたさんごろうむねつぐ》という少年のことである。

三五郎は、吉田大蔵清家《よしだおおくらきよいえ》とかたく男色の契り*3を交わしていた。ともに故郷を出てから、片時もその側《そば》から離れることはなかった。いくさに臨んで山路を迷った日には馬を駆《か》って同じ道を進み、いくさの旅路で野営したときには同じ褥《しとね》で旅寝し、ともに夜半《よわ》の月影を眺めて和歌を詠じたのだった。

このように、三五郎は影のように伴っていたのだが、清家が先に討ち死にしてしまったので、死なばもろとも、という誓いの言葉を違《たが》えず、今年わずかに三五《さんご》の歳*4の三五郎も、まだ先のあるその命をなげうち、秋の露のようにはかなく、消えてゆくのが花の名残とばかりに、同じ戦場の苔の下に埋もれることとなったのであった。

冥途の旅は一人で行くものだというが、このふたりはこうして連れだって進んでいった。それはじつに縁深いことであった。

身分の上下をとわず、弓矢を取る身と生まれたからには、義のため命を捨てる。それが武士の習いというけれども、こうした話はまた、例《ため》し少なきことである。愛着という縁に引かれ、義理と情けにしたがって身を捨てた、その心のうちはほんとうに艶《あで》やかで美しいことであった。

❖

さて、その由来を尋ねてみると、かの平田三五郎宗次公[*5]というのは、ご当家島津家で代々執権職を務めてきた平田太郎左衛門尉増宗《ひらたたろうさえもんのじょうますむね》の息男であったという。鎧を着初めたころから、才能や人品が抜きん出ていて、末頼もしく見えたのだったが、日に日に美しく成長していった。その面影といったら、奈良の吉野山の峰に咲く桜、あるいは秋の名月が雲《くも》間《ま》から顔を出した風情よりも、いっそう艶やかで麗しく、並ぶ者なき容色をそなえた美少

＊3——義兄弟の約束のこと。
＊4——十五歳。
＊5——三五郎を敬った呼び方。

年であった。

当時は国が乱れた戦国の世であったが、さすがに人の心は美しさに惹かれずにはいられぬもの。三五郎を見初めた者はみな、いつかは心を通わしたいと願ったのだった。

三五郎のために命をかけて恋の山路《やまじ》にわれと踏みこみ、露に濡れた小笹の茂みを分け入ったかのように、涙の雨で袖を濡らした。駿河《するが》*6にある富士山の煙が絶えることがないように、三五郎を思って恋い焦がれても、相手は時の家老の子息。父にも深く愛されていたので、まるで関所があるかのようで、人目をはばかって誰も言い寄ることができなかった。それゆえ、三五郎と一夜なりとも仮寝して、契りを交わした者は、一人としていなかったのである。

さて、慶長元年〔一五九六〕といえば、三五郎はまだ十二歳。その姿は若木《わかぎ》の八重桜《やえざくら》が春に花を咲かせたようで、泉のように涌きあがり、川のように流れ出るその深い色香に、みな心を焦がしていた。

若い武士たちのなかに、倉田軍平《くらたぐんぺい》という血気盛んな荒くれ者がいた。彼もまた三五郎に心を奪われ、一心不乱に恋い慕ったのだが、渚《なぎさ》に乗り捨てられた小船に寄りつく岸がないのと同じように、言い寄る手だてがない。乾く間もなき涙に袖を濡らし、晴れた月夜も闇の夜も、雨露《あめつゆ》にうたれながらひたすらに三五郎が住む屋敷の門のあたりを徘徊《はいかい》し、思うに任せぬ世のなかは、まさにただ今のわが身の上と同じこと、と歎くのだった。

こうして夜を明かすことが重なったけれども、どうしたことか軍平は、これほどまでに思っている甲斐もなく、ただ月日ばかりが空しく過ぎ、三五郎の姿をよそから見ることさえできぬままであった。軍平はただ一人、三五郎との縁がないのなら、私はどうしたらよいのだろうと、水に飛び込んだ蛍の火がそれでも消えないように、三五郎のことを千々《ちぢ》に思い焦がれて過ごしていた。

❖

そうしているうちに、ある好機が訪れた。

＊6——現在の静岡県の中央部。

尾上権六《おのえごんろく》という、幼少のころから倉田家に奉公していた小者《こもの》*7がいたのだが、このころは平田家の家来となって、若党役*8を務めていた。軍平はこのことに思いあたり、権六を呼び寄せて、自分が宗次公にひたすら心を寄せていることを打ち明け、さまざまな引出物《ひきでもの》などを取り出して、とりなしてくれるように頼んだのだった。

欲には迷うのが人の心。権六は、気安いことと請《う》け合った。

軍平はうれしくてならなかった。

しかし、もとよりただ血気盛んなだけの男。文の道*9を少しもたしなまず、無学至極《むがくしごく》であったので、何も言い送ることができない。いろいろと工夫してみて、

「こういったことはよく思案したうえで書くべきなので、明朝、こちらから手紙を遣《つか》わすことにしよう」

と言いおいて、その夜、友人である小浜助五郎という者に頼んで、わが思いの丈《たけ》をしたためてもらい、翌日の早朝、権六のもとへ送ったのだった。

さて、尾上権六は、平田家の新参者《しんざんもの》ではあったが、おおいに用いられ、常に三五郎の髪を結うなど、ただ何事も権六でなければと言われるほどに、とくに重用されていた。しか

し、軍平が頼んできた一大事は他のこととは質が違う。そのため、よい機会がないものかと、いろいろと気をめぐらしたのだったが、好機がなく、何もできないままに時が過ぎていった。

そしてある朝、いつものように三五郎の髪を結うときに、そばにあった三五郎の硯箱《すずりばこ》のなかに、かの手紙を入れておいたのである。

あとになって、三五郎が手習いをしようと硯箱のふたを開いてみると、

平田三五郎様　　倉田軍平

と書かれた一通の書状が入っていた。封を開いて見てみると、切なる思いがさまざまにつづられ、その末に和歌が記されていた。

＊7——雑役に従事する者。
＊8——武家の従者で、足軽よりも上位にあった小身の者をいう。
＊9——学問・文学・芸術などのこと。武の道に対していう。

倉田軍平尾上権六ニ
書面依頼ノ圖

倉田軍平、尾上権六を頼る

君思ふ枕の下は涙川《なみだがは》身は浮草《うきくさ》の寝入る間《ま》も無し

〔逢えないあなたのことを思って私は涙しています。その涙は川となって枕を濡らしています。私の身はその川に浮かぶ浮き草のようなもので、しずかに寝入ることさえできないのです。〕

三五郎は何を思ったか、読み終わるとこの手紙をずたずたに引き裂き、噛みちぎって捨ててしまった。

権六はこれを聞いてとても驚き、急いで軍平のところへ出かけて、望みが叶わなかったことを伝えると、軍平はもとより短気だったので、大きな目をかっと見開いてこう言った。

「おい権六、よく聞け。先日、そなたは、事は叶うだろうと放言したのではなかったか。それなのに、今さら望みは叶わぬといって、わが苦労を無駄にするというのは、返す返すも奇っ怪なことだ。よしよし、俺を欺《あざむ》くのなら欺けばよい。そなたの頭を微塵《みじん》に斬り割って、目にものをみせてくれようぞ」

軍平はこういって、大段平《だいだんびら》*10を手先でいじりだしたので、権六は土のような顔色になって

たちまちにふるえだし、

「私は決して、あなたさまを欺こうというのではないのです。主人である三五郎殿は、まだ少年ではありますが、他の人たちとちがって、心の猛きことといったら燃える火のごとき人で、話をする時宜《じぎ》が悪いと手討ちにされてしまうかもしれないのです。それゆえ、これまでにあれこれと取りはからってきました。今回、ようやく書状をご覧になったのですが、返答には及ばず、すぐに引き裂いて捨ててしまわれました。その始終のさまから推し量って、これは叶わぬことだと申し上げたのです。しかしながら、あなたさまがご立腹なさるのももっともなことですので、近日中によい折をみて、じかに逢わせてさしあげましょう。そのときに、今の思いをお晴らしください」

このようにいろいろと取りつくろって答えたところ、軍平もようやく怒りをしずめ、

「ではその約束、決して破ってはならぬぞ。もしこの上さらに間違いがあったら、そなたの首は天に飛ぶことになると思え」

＊10――幅の広い大きな刀。

と、荒らかに仰せつけた。権六はこれにひたすら恐れ入るばかりで、無言のまま帰っていった。

その後、軍平のもとからたびたび催促したのだが、権六はなすすべもなく空しく日数を重ねていた。そして、その年も暮れたのである。

倉田と小浜、狼藉に及び、平田三五郎、危難に遭う

明けて慶長二年〔一五九七〕となり、平田《ひらた》三五郎《さんごろう》宗次《むねつぐ》もすでに十三歳の春を迎えた。この年の正月七日に角入《すみいれ》*1を許され、花のようなその面影は日に日に麗しさを増し、色香もさらに引き立つようになった。

春になって四方の山が薄い霞の衣をまとい、木々の緑もあざやかさを増していく。そんな初春の、のどかな日差しが差していたある日、三五郎はかねてより小鳥を飼ってかわいがっていたのだが、父増宗《ますむね》の別荘が吉野*2にあったので、同月十三日、小鳥狩りに出かけよ

*1――角入髪《すみいれがみ》のこと。男性の半元服《はんげんぷく》の髪型。前髪の額《ひたい》を丸型から変えて、生えぎわ通りに角型に剃る。
*2――鹿児島城下の北の郊外の地。牧・狩場であった。現在の鹿児島市吉野町。

うと思い立ち、小者《こもの》ひとりと若党の尾上権六を召し連れて、吉野の屋敷へ出かけたのだった。

かの倉田軍平はこれを聞きつけ、天が与えてくれた好機、とばかりに喜んで、同志の小浜助五郎に声をかけ、頃を見はからって、吉野をめざして馬を走らせた。

さて、三五郎は、一日じゅう小鳥を追って遊び、夕日がもう沈もうかというころになって、主従三人連れだって帰路についた。その道でも、夢中になって鳥の話をしていたところ、向こうから倉田軍平と小浜助五郎の両名が並んで、高笑いしながらやってきた。

三五郎はこれを見て、もとより彼らのことは知っており、また、先日の手紙の一件なども思い浮かんだので、

——都合の悪いところで出会ってしまった。さて、どうしたものか。

と、ひとり、気を揉んでいた。

するとそのうち、倉田と小浜は間近《まぢか》に迫ってきて、三五郎を見るや、急ぎその前に立ちふさがってこういった。

「それにしても、どういうわけか、よいところでお逢いできたものだ。それがしは、あ

なたさまにどうしても申し述べたいことがありますゆえ、しばし、こちらへおいでいただけまいか」

三五郎は、心中おだやかではなかったが、さらぬ体にもてなして、

「知り合いでもない私に、どのような用事でございましょうか。ここでおっしゃってくださ い」

と返した。それにあわせて、尾上権六も両人に会釈《えしゃく》して、こう続けた。

「わが主人三五郎殿は、まだ若輩《じゃくはい》でございますから……」

その言葉をさえぎって、軍平は目を怒らし、こういった。

「そなた、それはぶしつけな助言ぞ。なおも続けるならば、そなたを真っ二つにしてくれようぞ！」

軍平は、三尺[*3]に余る大太刀《おおだち》を抜き、ひどく立腹した様子である。権六は臆病にして未熟な陪臣《ばいしん》。命惜しさに主を忘れ、

＊3——約九十センチ。

「なにとぞお許しを!」

というよりはやく、鼠のように、一目散《いちもくさん》に逃げていった。あとを追って、小者の二《に》才《せ》*4も、ふるえながら逃げ去ってしまった。

あとに残った三五郎は、どうにもならないところで出逢ってしまったと、もはや覚悟を決めた。

——たとえ年齢は幼くとも、私は武士の家に生まれた身。弓矢の道に反する卑怯なふるまいはするまいぞ。まして、私は今年すでに十三歳。もしもわが身に恥辱を受けたならば、ただでこの場を引き下がるわけにはいかぬ。このはかない命がここで消えるとしたら、それが誠に天命なのだ。

こう覚悟を決めはしたものの、逃げていった尾上らのことは、

——主の危難を見捨てた腰抜けどもめ。

と、今さらながらに残念でならない。あれこれ考えながら、三五郎は心中、とてもつらくてならなかった。

すると、軍平が言った。

「用事というのは他でもない。先日、尾上権六を介してさしあげた手紙のお返事を、なかなかいただけませんので、それについてお尋ねいたしたい。ご返答はいかがであろうか」

三五郎はこれを聞き、

「家来の尾上から貴公のお手紙を受け取って拝見した覚えはございませぬが」

と答えた。

軍平は、あたりを見回した。

このあたりは人通りが稀《まれ》なところで、しかも今は入相《いりあい》の鐘[*5]が鳴ろうかという時分ゆえ、人の行き来はすっかり途絶えている。

軍平はにやりとほくそ笑み、

「それでしたら、ご返答がないのももっともなことです。その手紙で申し上げたのは、

＊4――若者のこと。
＊5――日暮れに寺でつく鐘。晩鐘。

こういうことです。それがしは、あなたさまに、日ごろからひたすら恋い焦がれております。いつもその思いが星の数ほど心に浮かび、ひとり泣き明かした夜が幾夜あったことでしょう。その心中の切なさを手紙にしたためて申し上げたのです。されど、ご承知のとおり、わが身はいっさい風雅を解せぬ質《たち》。無芸無能の身ではありますが、あなたさまをひとすじに思う気持ちは、決して変わることはありません。ですから、どうぞ一度、お情けをかけていただけませんか。そうすれば、それがしのこのはかない命は、あなたさまにきっと差しあげます」

こう言って、軍平はさまざまに口説くのだった。しかし、三五郎は、

「思いも寄らぬお言葉。さようのことは、私はまだ存じませぬ」

と返す。すると、倉田と小浜はともに、

「これは何ともつれないご返答。なにとぞ一度だけはお聞き届けいただきたい」

「ぜひとも」

と、あれこれ言うのだが、三五郎はひたすら前のように返答し、

「何度おっしゃったとしても、そのような願いは受けられませぬ」

と言い捨てて、その場を離れようとした。

そのとき、三五郎の後ろから、倉田と小浜は甲高《かんだか》い声でこういったのである。

「武士がこれほどまでに言葉を尽くして言うことを聞きわけぬというのは、あなたは木《ぼく》竹《ちく》同前のお方だ。口で言い聞かせてもしかたない。ただ無理やり取りおさえてしまえ」

倉田軍平は、後ろから三五郎に抱きついてかかえ込んだ。

三五郎は、それならば、と脇差《わきざし》を抜こうとしたが、小浜助五郎がしっかりと両手をおさえこんでいて、身動きがとれない。

——無念至極……。

そう思いながらも、三五郎は心中に燃える闘志を消すことなく揉みあっていた。そのうち、その元結《もとゆい》がふっと切れて乱れ髪となった。春風に吹かれて、梅の香がただよい、着物の褄《つま》が捲《まく》れて雪とみまがうような白い肌があらわとなった。

倉田と小浜は逸《はや》る気持ちを抑えきれず、花のような三五郎を、強力無双《ごうりきむそう》のふたりがかりでいともたやすくねじ倒し、無理やり本意をとげようとする。

夕日は西に傾き、山寺から響く入相の鐘が無常を告げる。ますます哀れがつのる春の夕

倉田小濱ノ両人途ニ平田
公ヲ組伏セントスルノ圖
彫工野口圓活

倉田と小浜、狼藉に及び、平田三五郎、危難に遭う

暮れ、往来の人があればよいが、あわれ、今の三五郎はまだ少年の身。悲しいことだが、どうしてみても大人ふたりには敵わない。なすすべなく涙ぐみ、

――さても、無念……。

と思ったであろう、その心中のじつに不憫《ふびん》なこと。

❖

そこに、一人の武士が馬にまたがって通りかかった。この様子をみるや、いそぎ馬から飛び降りた。

「それがしは吉田《よしだ》大蔵清家《おおくらきよいえ》である。おのおの、これは何ごとか!」

その声が響くなか、倉田・小浜の両人は、何を思ったか、ただ一言《ひとこと》も発せずに、一目散にその場から逃げ失せていった。

そこで、清家は、三五郎にことの次第を尋ねてみた。三五郎は涙をはらはらと流すのだった。

「私は平田《ひらた》太《た》郎左《ろうさ》衛門尉《えもんのじょう》の子息、三五郎でございます」

こうして、三五郎がことの始終を包み隠さず語ったところ、折よくそこに、父増宗の一族である平田五次右衛門尉が通りかかり、驚いて三五郎のもとに駆け寄った。

「何があったのだ」

そう尋ねられ、清家はことの次第を語って聞かせた。五次右衛門尉はそれを聞いて驚嘆し、まず清家に礼を述べた。そして、

「さあ、ともに増宗の屋敷へ参りましょう」

と勧めたのだが、清家は、

「それがしは今宵、たいせつな用向きがあって急いでおりますので、またの機会にお目にかかることにいたしましょう」

と辞退したのであった。

三五郎は、あらためてとても名残惜しくなり、涙を浮かべながら清家の袂にひたとすがりついた。

「ぜひとも今宵は拙宅にお越しください。ぜひに、ぜひに」

そう言ったのだが、清家は、

「今宵は用向きがありますゆえ、またあらためてお目にかかりましょう」

となだめすかして会釈し、すがりついた三五郎をふっと振り切った。そして、馬にひらりとまたがって、後ろをふり返ることなく駆け去っていった。

さて、そのあと五次右衛門尉は、三五郎を同道して帰宅し、深く三五郎を戒めて、決してこのことを口外せぬように命じた。また、翌日には清家の自宅にも赴いて昨日の礼を申し述べるとともに、ひたすらにこれを他言せぬよう頼み込んだ。

そもそも五次右衛門尉がこれほどまでに他言を戒めたのはなぜかといえば、この時代には、かりそめにも士節《しせつ》*6を失った者は、その親類・一族どもが命じて切腹させるという作法があったからである。このたび、倉田と小浜が狼藉をはたらいて逃げ去ったことは、すこぶる節義なきふるまいであるので、もしもこの一件が世間のうわさとなり、それがかの両人の一族の耳に入ったならば、ゆゆしき大事の種となる。それゆえ、五次右衛門尉はこれを慮《おもんぱか》り、このように他言を戒めたのであった。その仁智はありがたいことであった。

そののち、時を経てからこのことが世上の話題となり、ついに倉田・小浜はその親類たちに命じられ、切腹させられたということだ。

この時代の士風がほんとうに激烈であったことは、このことから思い知ることができよう。

＊6——武士としての節義。

吉田清家と平田三五郎の両雄、義兄弟の契りを結ぶ

その当時、薩摩《さつま》・大隅《おおすみ》・日向国《ひゅうがのくに》をあわせた三州の太守公[*1]は、高祖忠久《ただひさ》公[*2]から数えて十五代目にあたる、前《さき》の陸奥守貴久《むつのかみたかひさ》公[*3]であった。貴久公は、漢の太祖《たいそ》光武帝[*4]が示した義にのっとり、三州を中興した聖なる太守で、寛大で情け深く、度量のおおきな名君であった。その旗標《はたじるし》がゆくところ、国賊たちはことごとく甲《かぶと》を脱いだ。このとき、三州ははじめて統一され、人情に厚い風俗が上古の聖代を髣髴《ほうふつ》とさせる世となったのである。

それから三位法印龍伯《さんみのほういんりゅうはく》公[*5]、続いて兵庫頭義弘《ひょうごのかみよしひろ》公[*6]の代に至る。ともに仁義をわきまえたすぐれた大将で、ひとたび怒れば九州じゅうがその命にしたがった。その威名は日本じゅうでも傑出していた。

それゆえ、三州の上の者は仁を好み、下の者で義を好まない者はいない、といわれた。

御家島津家に仕える武士たちは、臣下までみなが英雄豪傑で、若い武士たちは義を見て勇をなすことを常としていたのである。

なかでも、吉田大蔵清家は、このとき二十三歳。当時並ぶものなき武士であって、その名はあまねく三州じゅうに知られていた。力強く太刀をふるう手利《てき》きの者であったが、常に律儀にふるまって忠・義のふたつを重んじていたので、忝《かたじけ》なくも太守公は清家をとくに大切にお思いになり、

「武士の手本とは、この大蔵のことである」

＊1――太守は一国の領主のこと。
＊2――島津家の祖とされる島津忠久。近世島津家・薩摩藩では、忠久は源頼朝の子とするのを公的な見解としていた。
＊3――永正十一年（一五一四）―元亀二年（一五七一）。実父は島津忠良。島津勝久から守護職を受け継ぎ、のちに三州を統一した。
＊4――後漢の初代皇帝。洛陽を都とし、学問を奨励した。
＊5――貴久の長男、島津義久のこと。天文二年（一五三三）―慶長十六年（一六一一）。
＊6――貴久の次男で、義久の弟。天文四年（一五三五）―元和五年（一六一九）。惟新《いしん》と号する。

と、折々にお褒めになった。それほどの者であったので、若手の武士のなかでも、容貌から言葉づかいに至るまで、「吉田風」というのが流行したのであった。

そこで、若い面々はみな、清家の友となることを望みとしていた。およそ鹿児島じゅうの二才《にせ》どもは、その過半が清家の配下であったので、先日、倉田と小浜が狼藉をしたときも、吉田大蔵という名を聞いて、彼らほどの荒くれ者までもがついには逃げ去ったというのは、ふたりがかねてから清家の威風を恐れていたためであった。

さて、吉田清家は常に忠義を重んじ、兵術の修練に身命をなげうち、いつもみずからの邸宅に同志を集めて、朝夕武芸に励んでいた。そして、かねて連れだっていた同志のなかにも、美麗な少年は多かったのだけれども、薄墨色の心を色あざやかに染めるほどの色香をもつ者はいなかった。しかし、平田三五郎をひとたび見たそのときから、その姿が心にとどまって忘れられなくなり、寄せ来る波のように夜昼思い返される。すっかり心奪われて、恋しく思うあまりに、今は命が絶えてしまうかと思うほどのありさまは、なんともはかないことであった。

さて、ある夜、友とする面々五、六人が連れだって夜咄《よばなし》のためにやってきて、あれこれさまざまな話をしているうちに、清家はこう聞いてみた。

「今、三州の中で名高い少年は多いけれども、当世随一といったらいったい誰であろうか」

久保某《なにがし》というひとりの友が答えた。

「今、評判の若衆としては、まず日州*7の内村半平。次は松島三五郎か、または奈良原清八であろうか。大隅・薩摩の二国では渋谷・福崎・富山、この三人よりすぐれた紅顔《こうがん》*8はおらぬだろう」

すると、その座で縁側の柱に寄りかかって琵琶を弾いていたひとりの友が、撥《ばち》をからりと投げ捨てて言った。

「ああ、久保氏は忘れてしまわれたか。かの平田三五郎宗次公を、どうして当世第一と言わないのだろう。かの内村半平、松島、富山、渋谷、奈良原といった人々も、また貴公

＊7——日向国。
＊8——少年のこと。

とかねて噂のある福崎徳尊公も、いずれも若衆盛りではあるけれども、とりわけ平田宗次公は主を持たない深山《みやま》の桜木が、おのれの意のままに咲き乱れているかのごとき風情であって、ただその本性のままに取りつくろっていないのがじつに奥ゆかしくも見える。これこそが当世随一であろう」

清家はこれを聞き、微笑《ほほえ》みながら、

「この浮世を思いのままにできるのなら、そんな美少年と契りを結び、ともに武芸の稽古に励みたいものだ。そうすれば、稽古も日々よく進むことだろうに。いったいどんな人が幸いにも平田公と契るのであろう。我らのような輩は、高嶺《たかね》の花と見るばかり。ああ、天命とは何とも悲しいものだ」

といって笑うと、先ほどの友達がまた言った。

「みなは聞いたことはないか。かの宗次公は生まれつき廉直剛毅《れんちょくごうき》な人で、武芸は言うに及ばず、文士に入門して昼夜を分かたず学文《がくもん》に励み、折々に和歌の道までもたしなんで、武士としての風雅を身につけようと、仁智の情が深いということだ。また、かねがね行儀を重んじ、少しも道に外れたところがない。それゆえ、見る人聞く人はみな、思いを寄せないということはないのだが、いまだに一度もかの君と契った人はいないそうだ」

清家は胸に秘めたものがあるので、なおも委細を尋ねるうちに、夜は早くも五更《ごこう》*9に及んだので、友達の面々も、

「話はひとまずここまでにしよう。では、また明日」

と別れを告げて、それぞれに帰っていった。

ひとりになった清家は、先ほどの話で三五郎のことをあれこれよく聞いて、ますます切なさがつのってきて、眠ろうとしても目を閉じることができなかった。どこかもの狂わしくなったので、庭に飛び出し、木刀を手にして立ち木に向き合った。

――一事を思い立った武士の、矢竹のごときひと筋《すじ》の心は石をも貫くというためしがある。私もひとたび思いを寄せてから、ひたすら切に思い焦がれている。この一途な心をあわれと思ってくだされ、神仏よ。わが恋しき君、それは平田の三尊公。

こう一心に念じながら、清家は立ち木を打ち続けてその夜を明かした。まことに堪えが

*9――一夜を五等分したうちの第五の時間帯。今でいう午前四時ごろ、またはその前後二時間のこと。

たき思い――。清家の心はじつにあわれであった。

❖

こうして十日あまりが経った。

すると、清家の一途な誠心が通じたのか、不思議なことに、かの平田三五郎は少し前の夜からにわかに寝苦しくなり、夢ともなくうつつともなく、吉田大蔵が自分の屋敷の門前にやってきて案内を乞うという夢をみて、夜半《よわ》の鐘とともに目が覚めるということが続いたのである。

ついには、ひと晩のうちに五、六度もこうして目覚めることになったので、どうしてこうなるのかと、三五郎は考えあぐねていた。しかし、心のなかでは清家に思いを寄せ、口に出してそれとは言わないけれども、幼子《おさなご》の心のように、明け暮れ、ただこの夢のことばかりひたすらに思われて、どうすることもできないように見えるのだった。

いっぽう、かの清家は三五郎のことを、一心に寝ても覚めても思いながら、夜は立ち木を打って明かし、昼は手習いの反古紙《ほごがみ》に「宗次尊公一心」と、ひたすらに書きつけることで、空しくその思いをおさえていた。

清家は、つらつらと考えた。

——ああ、どうしたらよいのだろうか。大丈夫[*10]たる武士の身としては、忠と義のふたつを心がけるべきであるのに、このような空しき色香に迷い、思い悩んでいるわが身の何とも拙いことか。しかし、これほどわが身を焦がして思いを寄せても、これはわずかな甲斐もなき片思い。それゆえ、たとえこのまま私が死んだとしても、そのあといったい誰が、「清家は叶わぬ恋心《こいごころ》ゆえに身を捨てたのだ」といって、亡き後にこの哀れさを思いやってくれるだろうか。そんな人がいるはずはない。そう思うと、わが身のことながら本当に切なくて耐えがたい。えい、ままよ、このまま恋死にするかわりに、この思いの丈《たけ》を君様《きみさま》にうち明け、もしその思いが叶わなければ、この腹を掻き切って死ぬのがよかろう。

ひとり、このように思案した清家は、忠義の心をそなえた大丈夫であった。されど、そ

*10——立派な男のこと。

の心が恋の道にこれほど迷ってしまうとは、何ともはかないことであった。

正月の末のころ、吉田大蔵清家は、

――もしも思いが叶わなければ、ふたたびここには帰ってくるまいぞ。

と決意して、三五郎の屋敷へと向かった。名残を惜しむかのように庭の梅の香りがただよい、それが移り香となって清家の袖に移るのだが、その香りをかげばますます三五郎への恋しさがつのっていく。そうして、三五郎の屋敷に到着した。

かの平田三五郎はまだ志学の齢《よわい》*11にもなっていないが、父増宗《ますむね》の教戒によって文武二道に励み、その暇には、天吹《てんぷく》*12を深く愛して、いつもそれを吹いて心を慰めていた。

かくて清家は、暮れがたに三五郎の屋敷に着いた。すると、そこに天吹の音が聞こえたので、その音に感じ入り、聴き惚れてしまった。

「誰が吹いているのだろうか」

ひそかに垣根のすき間から覗いてみると、恋しい三五郎が小さな座敷の戸口で、ただひとり、縁の柱に寄りかかっていた。

庭に植えられた梅には花が咲き、雪かと見まがう白砂が広がっている。三五郎は、そんな春の景色をながめつつ、一日が暮れていくのも忘れて、ただ一心に天吹を吹いている様子である。そのありさまは、筆では表現しきれないように見えるのだった。

清家が思わず声をかけたところ、宗次は何と思ったか、急に天吹を吹きやめ、座敷の内へ入ろうとした。清家は急いで声をかけた。

「三五郎様」

宗次が答えた。

「どなたさまでしょうか」

清家は、すっと邸内に差し入った。

「吉田大蔵でござる」

その言葉を聞くやいなや、三五郎は縁側から下へと飛び降りた。

「ああ、珍しい。吉田様でございますか。さあ、こちらへ」

＊11——志学は十五歳の称。

＊12——鹿児島に残る竹管楽器。

吉田大蔵平田三五郎ヲ
訪フノ圖

吉田清家と平田三五郎の両雄、義兄弟の契りを結ぶ

こういってふたりはいっしょに座敷の奥へと入ったのだった。

そして清家と三五郎は、ひと言ふたこと挨拶を交わした。たがいに相手を深く思う心を隠そうと、平静をよそおい、なにげない会話をつづけようとしたが、やはり隠しきれるものではない。その言葉の端々に、思いがにじみ出てしまう。たがいを見つめる眦《まなじり》には色香がただよい、それを感じあうにつけても、ふたりはともに気恥ずかしく、あわててしまうのだった。そのありさまは、吉野山の春の桜と龍田川《たつたがわ》の秋の紅葉をとりまぜて一度に見ているかのようであった。

機をうかがい、清家が三五郎にこう語りかけた。

「今しがたお聴きした天吹は、じつにみごとなものだと感じ入りました。もう一曲、お聴かせいただけまいか」

三五郎は困りはててしまった。

「私はまだ天吹をよく吹くことができないのです。それをみごとだとは、思いのほかの仰せでございます。あなたさまこそ、一曲吹いてお聴かせくださいませぬか」

三五郎は、机の上にある天吹を取って、清家の前にそっと置いた。

清家は再三断ったのだが、それでも三五郎がぜひにと望むので、断りきれなくなった。

「それでは」

そういって、清家はそれを手に取り、吹き始めた。

清家は、そのころ三州一と評判されるほどの天吹の名手であった。その上、いつも以上に思いを込めて吹いたので、いつしか三五郎はそれに聴き惚れてゆき、恍惚《こうこつ》としながら、思わず清家の傍《かたわ》らにその身を寄せかけた。

梅の匂いをまとい、柳のようにほっそりとした三五郎。そのうるわしい目元は清家の顔にまっすぐに向けられ、すっかり感じ入っている様子は、かの漢の聖卿《せいきよう》が真王の床で戯れたという、[*13]そのかつてのありさまもこのようであったかと思われた。

清家はまるで夢路を渡っているかのような心地がして、この身が自分のものとも思えないような感覚に襲われた。そして、先日来《せんじつらい》の本望をとげるのは、今このときしかないと考

＊13――聖卿は董賢《とうけん》の字。董賢は、美麗なる容姿の持ち主で、前漢の哀帝の寵愛を受けた官人。「断袖」の故事で知られる。本書五八頁、五九頁注＊8も参照。

えた。

清家は、しばし天吹を吹くのをやめた。そして、傍らに身を寄せかけている三五郎の、雪のような白い手を取った。

「近頃ずっと申し上げられずにおりました。あなたのお姿を一目拝見してから、わが心は春駒のように勇み、それをつなぎとめることができなくなりました。明け暮れ、ただひたすらにあなたを恋い慕っております。ああ、何とぞ、それがしが申し上げることを受けとめていただけないでしょうか。そうしていただけるのならば、その御恩には、来世まで命をかけて報いるつもりです。されど、取るに足りないわれらごときのこと、かなえてやれぬということでしたら、わが身には縁がなかったということ。そのときが来たのだと判断して、この腹を掻き切って死ぬ覚悟でござる」

尋常ではない清家の言葉に、三五郎は困り果ててしまった。慌てているその顔は紅葉のように赤く染まっていき、どちらとも返事できない。

ああ、このような勇と義とを兼備した英雄と義理ある契りをかわし、たがいに士道を心がけ、議論したり諫め合ったりしながら励んでいくというのは、武士の本意にかなっている。そう思って、かねてより清家の勇・義を思い慕っていたけれども、さすがに今ここでその本心を口にはしづらい。自分のこうした様子から、抑えているこの心に気づいてもらえないものか――。三五郎はそう思いわずらっている様子である。

三五郎の心は清家に寄り添っていて、最上川《もがみがわ》を上《のぼ》り下《くだ》りする稲舟《いなふね》が「いな」の名を響かせているように、*14 否《いな》と拒絶しているわけではないことは、何にたとえるまでもなく明らかであった。

春雨がそぼ降り、軒に水玉が並んでいくその音がよく聞こえるほどに、あたりに人のいない静寂のときであった。

清家はもはや気持ちを抑えることができなかった。

風に吹かれて柳の枝が巻き上げられるように、三五郎を後ろからただじっと抱きしめ、灯火をふっと吹き消した。

＊14――稲舟は刈り取った稲を積んで運ぶ舟のこと。底本のこのあたりの表現は、「最上河のぼれば下る稲舟のいなにはあらずこの月ばかり」(『古今和歌集』巻第二十東歌・一〇九二)による。

ふたりを闇が包む。

三五郎の袖から梅花の香りがひろがる。暗夜、窓をうつ雨音だけが響き、座敷のうちは静まりかえっている。二人の思いがもつれた恋。それを解《ほど》いてあらわとなった雪のような肌が触れあう。

二人はこうして契りを結んだ。このとき、清家が感じた嬉しさは、何にたとえようもないものであった。

このときから、清家の日ごろの鬱々とした思いはたちまち消え去った。清家の鋭い気性はそれまでに百倍し、この間柄の楽しきことを思いながら、ともに議論し諫め合い、文武二道に精進した。この様子を見聞きした人たちで、ふたりをうらやまぬ者はいなかった。

それゆえ、誠実ならぬこの世の習いとして、吉田と平田両雄の深い親交を妬み、奸智をたくむ者が多く、かの両人のことを神社仏閣の柱にあれこれと悪しざまに落書きしたり、悪く言いはやしたりしたのだが、清家と三五郎の兄弟は、まったくそれに屈するそぶりをみせず、日々にその契りを深め、大丈夫としてたがいに義理を重んじ続けたのであった。

三五郎、清家を疑って義絶[*1]しようとするも、両人、起請文を交わす

縁があれば、たとえその相手と千里離れていても逢うことになるし、縁がなければ、その関係は邯鄲《かんたん》の夢[*2]のようにはかないもので、対立していた呉と越[*3]のように一緒になることはないのだという。

かの平田三五郎宗次は、三州[*4]に並びなき紅顔の美少年であったので、じつに多くの人たちから恋い慕われた。なかには倉田・小浜のような極悪至極の性悪者《しょうわるもの》もいて、千変万化、

＊1――親子・兄弟などの親族の縁を絶つこと。
＊2――人生のはかなさのたとえ。『枕中記』の故事に基づく。
＊3――中国春秋時代の呉国と越国。呉王夫差と越王勾践は長く争いを続けた。
＊4――薩摩・大隅・日向国。

さまざまな手立てをつかって言い寄ったのだが、ついにその手には落ちなかった。それにしても、いかなる天運があったのか、吉田大蔵清家は、勇と義という徳を備えていたがゆえに、高嶺《たかね》の花ともいえる三五郎をただひと押しに攻め落とし、たやすく手に入れたのだった。ふたりのあいだにいかなる縁があったのかは定めがたい。

亜聖と呼ばれた孟子[*5]が、「天が与える好機は、その土地の有利な条件には及ばない。土地の有利な条件は、人の心の和合には及ばない」と説かれている。[*6]こちらは兵《つわもの》の道のことではあるが、道理という面から推しはかってみると、いずれの道もみな本質は同じである。

清家と三五郎は、義兄弟となってからはたがいに深く交わり、かの前漢の哀帝[*7]が寵愛する董賢《とうけん》のために龍衣の袖をお切りになったという故事[*8]にも増して、朝な夕な、ふたりで共に出入りして武術の稽古に身を入れた。こうして昼夜を問わず励んだので、心ある面々はこれを見聞きして、そうあるのが武士の本意であろう、と感歎する者も多かった。

しかし、奸佞《かんねい》至極《しごく》で器の小さな者たちが、うらやみ妬むあまりに、邪計をめぐらすこともあったのである。

❖

そうした輩のなかに、石塚十助という者がいた。久しく三五郎に思いを寄せていたのだが、はからずも三五郎が清家になびいてしまい、今やふたりは実の兄弟同然となり、来世まで続く契りを交わした由。石塚はこれを聞きつけて激しい嫉妬にかられ、種々邪悪なる企てをして、吉田と平田両人の契りを引き裂いてやろうと、とかく思案を重ねた。そして、ひとつの奸計を思いついたのである。

それは二月八日のことであったろうか。石塚は、一通の偽《にせ》の書状をしたためて、平田

＊5――中国の戦国時代の思想家。聖人とされた孔子に次ぐ儒者として亜聖と呼ばれた。

＊6――『孟子』巻第二「公孫丑章句下」にみえる一節。底本には「天の時は地の利に如かず。地の利は人の和に如かず」とある。

＊7――前漢の第十二代皇帝。

＊8――『漢書』に載る。共に昼寝したとき、自分の衣の袖の上で寝ている董賢を起こさないように、哀帝はその袖を切り落とさせたという。この故事に拠り、「断袖」は男色を意味することとなる。

家の門前に落としておいた。それとは知らぬ三五郎は、その日も、清家の屋敷に行こうと出立した。三五郎はその書状に気づかずに通り過ぎたのだが、家来の権六が目ざとくこれを見つけ、すぐに拾って三五郎に見せたところ、その表には、

吉田大蔵様　　加納八次郎

と書かれている。

三五郎は微笑んだ。

「ちょうど吉田殿のところへ向かう折にこの書状を拾ったのは幸いであった。私がお届けすることにしよう」

だが、屋敷に着いてみると、ちょうど清家は留守であった。そこで三五郎は空しく立ち帰ったのだが、どうしたことか、先の書状を取り出し、封を押し切って中を開き見てしまったのである。

昨晩はそちらにお伺いして長座をいたしました。ここに御礼申し上げます。さて、あのことは平田氏にはお話しなさらないほうがよろしいかと存じます。人目の多い世の中ですから、密々の儀としておくのが第一でございます。
なお、今晩、お会いしましたときに、委細を申し上げます。恐惶謹言《きょうこうきんげん》。

二月八日

加納某　契弟

吉田大蔵尊兄

尚々、お約束いたしました弓のことですが、後ほど取り寄せまして、差しあげることにいたしますので、そのようにご承知おきください。

三五郎はこれを読み終わると、歯ぎしりをした。
——さては、大蔵殿は私をお見捨てになり、加納氏へ心変わりなさったとみえる。「人の心と川の瀬は一晩のうちに変わる」と言われるが、武士がひとたび変わらぬと契った心が、なぜ変わってしまったのであろうか、じつに恨めしいことだ。これほど不義の人とは知らなかった。これまで、この契りを大切にしてきたことが悔しくてならぬ。こうなったからには、私もこのまま生きながらえても仕方ない。大蔵殿ともろともに死んで果てるよりほかの道はない。とはいえ、私も一度は兄と頼んだことであるから、まず清家との義兄弟の縁を絶ち切って、そののち、ともかくもはからうのがよいだろう。

一心に覚悟をきめた三五郎は、そこで一通の書状をしたためた。

先ほどはそちらへお伺いしたのですが、お留守でしたので、書状にて申し上げることにいたします。さて、どうしても申し上げたき儀がございますので、こちらへおいでいただけないでしょうか。それとも、私がそちらのお宅へお伺いするほうがよいでしょうか。どうぞ、お帰りになり次第、ご返答をいただきとうございます。このこと、早々にご対応ください。恐惶謹言。

二月八日

平田三五郎

吉田大蔵様

こう書いて、吉田家へ遣わしたのだった。

そのあと、三五郎はひとり遺恨の思いに堪えかねて、先ごろ清家からもらった、とくに秘蔵していた天吹《てんぷく》を取り出して吹こうとした。しかし、どれほど心が乱れたのであろう、脇差《わきざし》を抜いてこれを真っ二つに切り割り、返す刀で机の角を三度、四度と斬りつけた。それでもなお怒りをおさえきれず、座敷の柱に続けざまに斬りつけ、かけ声とともに打ち続けるのだった。怒れる眼《まなこ》に涙を浮かべながらたいそう恨んでいるその様子は、三五郎の心の内をうかがわせ、実にあわれというよりほかはない。

いっぽう、かの吉田清家は、こうしたこととは夢にも知らず、昨日も三五郎のもとへ行かず、今朝も早天のころから外出して暮れがたになってようやく帰宅した。そして三五郎から届いた手紙を開き見たのだが、何とも不審なことだと思いつつも、一刻も早く出かけていって、何ごとかと尋ねてみようと平田家へ向かったのだった。

清家は三五郎と向かいあった。

「昨夜よりよんどころない用事がありまして、お顔を拝することができませんでしたので、今晩こそは参上しようと考えておりましたが、思いがけずお手紙を頂戴し、かたじけないことでございます」

こう語る清家の言葉がいつも以上に誠実なので、三五郎はこれを聞いて、いよいよ憎らしく思い、儼然《げんぜん》*9とした態度で座りなおし、清家にこう言った。

「先刻、手紙を差し上げましたのは、ほかでもないことです。あなたさまをこれまでわが兄と頼りにしてまいりましたが、思うことがありますので、もはやこれからはその縁を絶ち、長く兄弟としての交わりを断つことにいたしたいと存じますので、そのようにお心得おきください。ことの子細について、あなたさまはお心のうちでおわかりでしょう」

三五郎の芙蓉《ふよう》の花のように美しい眦《まなじり》には涙が浮かんでいる。

美しい顔をかたくこわばらせて歯を食いしばり、冷ややかに自分を見つめ続けている様子に、清家としては思いがけないことではあったが、事態を推し量り、少しも騒がず答えるのだった。

「さては、それがしの心中に二心《ふたごころ》があるとお疑いになって、そのようにおっしゃるのでしょうか。それは愚かなことです、三五郎殿。この清家の鉄《くろがね》のごとく固き心は、たとえ天地が変化したとしても変わりませぬ。武士として、ひとたび交わした誓いの言葉をどうして忘れることがありましょうや。察するに、これは佞人《ねいじん》*10どもがあなたと私の仲を引き裂こうとたくらんだものでしょう。あなたに何かを告げ知らせた者がいるのでしょうか。もしそれがしが二心をもっているという証拠があるのでしたら、お見せください」

こう言われて、三五郎はいよいよ遺恨の思いを抑えかね、かの偽《いつわ》りの手紙を清家に見せて、その内容をすみずみまで語って聞かせた。

「証拠はこれで明らかです。にもかかわらず、軽薄にも我《われ》に二心なしとおっしゃるその追従《ついしょう》の言葉をどうして信じることができましょうか。あなたさまがここまで不義なるかたとは知らず、これまで兄弟の契りをなしてきたことが、思えば本当に悔しくてなりませぬ。この手紙を見てもなお申し開くことがおありですか」

三五郎は覚悟を決めて清家の膝元に詰め寄り、もしその言葉に偽りあれば、ただちに刀

＊9——おごそかなさま。
＊10——口の達者な人、心のねじけた者。

平田三五郎吉田大藏ノ二心
ヲ憤リ義絶セントスルノ圖

三五郎、清家を疑って義絶しようとするも、両人、起請文を交わす

でひと突きにしようと身構えている。

清家はそれでもなお動揺しない。

「武士たる者がこれくらいのことで疑念をおこし、事の実否を聞き分けることなく、何を血気にはやっておられるのか。それがしは昨晩からあなたにお目にかかっておらず、昼間、あなたが拙宅へお越しくださったときも留守でしたので、何とも不都合な頃合《ころあい》ではありますが、得体の知れぬ落書《らくしょ》の奸計《かんけい》を信じてお疑いになるとなれば、それがしとしてもあなたに不審を抱かざるを得ません。また、かの加納氏は先日から病気とのことですから、それがしは氏とどんな約束をすることがありましょうか。ことに、昨晩、拙宅に加納氏がお越しになったなどということは、根拠のないそらごとです。それに、わが心の内については、あなたは以前からよくご存じでしょうに、この程度の姦計《かんけい》をお察しにならないのが不思議でなりませぬ。それがしの心には少しも曇ったところはありませんので、申し開くことなどありません」

三五郎は、義を通した清家の返答を道理に適ったものと受けとめた。そして、それにしても血気にはやってしまったと、その表情に後悔の色を浮かべてただおし黙っている。

清家は重ねてこう言った。

「以前からあなたはそれがしの心の内をご存じでしたでしょうに、この程度の姦計にこと寄せて私との縁を絶ち、そののちは別の義士と長き契りを結ぼうとして、このようにおっしゃるのでしょうか。そうであれば、それがしにも覚悟がござる」

これを聞くや、三五郎は涙にくれて、ひたすら清家にすがりついた。

「私はあなたさまと兄弟の契りを結び、いまさら何を不足と思って一途な心を翻し、どうして二心を抱《いだ》くことがありましょうか。先ほどの言葉は、私が血気にはやってしまったものでした。ひたすらにあなたさまを疑ってしまい、誠に後悔至極と存じております」

花のような三五郎が、涙ながらに真情をかきくどいたので、清家はいたく感心し、

「幼心《おさなごころ》でこれほどに義を重んじるというのは、まさにあるべき姿だ」

と、ようやく三五郎をなだめおき、この上は両人の後世《ごせ》までも心変わりすまいと、その誠意を神に誓おうということで、起請文《きしょうもん》*11をしたためたのであった。

起請文前書《きしょうもんのまえがき》

一、忠信孝義は武士道の儀として第一の事であるので、もっぱらこれをたしなむべきこと。
一、今回、兄弟の契約をなしたのであるから、自今以後《じこんいご》は生死を共にすべきであるということ。
一、これからのち、どのようなことがあっても、あなたのことは格別のこととし、恩を忘れ、他に愛を移して、二心を抱くなどということはあってはならないということ。
一、ささいなことで両人の間に疑いの念をおこしてはならないということ。
一、何事であっても、律儀ではないことがあったならば、たがいに意見を述べあうようにし、そのときになったら、疎《うと》んずる心であってはならないということ。
右は、慶長二年丁酉《ひのととり》二月より、それぞれの条文のとおり確かに申し合わせました。もしこれに背くことがあれば、梵天・帝釈・四大天王、日本国中大小の神祇は残らず、それとは別に、当国の鎮守加志久利大明神《かしくりだいみょうじん》・国分正八幡大菩薩《こくぶしょうはちまんだいぼさつ》・霧島六宮・諏訪上下大明神、そのほか当家の氏神尊《うじがみのみこと》の神罰・冥罰を、おのおのが罷《まか》り蒙ることになるであろう。よって起請文、くだんのごとし。

慶長二年丁酉二月八日

吉田大蔵清家　判

平田三五郎殿

三五郎も同じ内容の写しをしたため、血判をして清家に渡した。清家も、

「いざ、私も血判しよう」

と、脇差を抜いて三五郎と向きあった。

「幸いなことに、日ごろ武術の稽古を積み重ねてきたことで、腕に悪血が溜まっている。ここを刺し通してください」

＊11——神仏に誓いを立てて、自らの行為・言説に偽りがないことを記した文書。前書《まえがき》・神文《しんぶん》・姓名を記す。

と、腕まくりして腕を差し出した。三五郎はどうしようかと思いわずらったが、元来、この清家は、一度口に出したことを二度と取り下げない男である。それゆえ三五郎は、

「心得ました」

と、かの脇差を手にとって、柄《つか》も通り抜けよとばかりに刺し通したところ、血が滝のように流れ出た。清家が血判すると、三五郎は机の上にあった白手拭いを取り、口にくわえてさっと引き裂いて、それで清家の腕を捲いた。

「痛みはひどくないですか」

三五郎が言うと、清家はこれを聞いてうち笑い、

「どうしてこの程度の小さな疵《きず》で痛むことがあるでしょうか。先年、朝鮮に在陣していたとき、左の腕を毒矢で射られ、その疵は癒《い》えたのですが、武芸修練のときには必ず悪血がたまって心地《ここち》悪《あ》しく思われました。今は腕ももとどおり軽くなって、痛みは少しもありません」

と、立派な態度で勇み立っている清家には、その気分が勢いとなってあらわれている。

そののち、清家は三五郎に、

「佞人どもがいろいろ言ったとしても、それに頓着なさいますな」

と、種々の教訓を言いおいて、やがて別れて帰っていった。

こののち、ふたりの兄弟の契りはそれまで以上にいよいよ深くなったのであった。

高麗への出陣の仰せに、三五郎、清家との名残を惜しむ

「逢うは別れの初め」[*1] というのは、定めなきこの世の習い。それゆえ、今さらあらためて驚くべきことではないけれども、ここに、清家・宗次という仲睦まじき兄弟の身の上に、どうにも為《な》す術《すべ》のない事態が生じることとなった。

それはこういうことであった。

去る文禄《ぶんろく》年中[*2] から、前《さき》の関白秀吉公が朝鮮国を征伐しようとして、日本国中の武将たちがそれぞれ海をこえて朝鮮へと渡り、その武威を高麗の地に轟《とどろ》かせ、王城を攻め落として、金鼓《きんこ》[*3] を大明国《だいみんこく》まで響かせることとなった。

わが君、兵庫頭《ひょうごのかみ》島津《しまづ》義弘《よしひろ》公親子も、薩摩・大隅・日向三州の軍勢を率いて、文禄の初めから渡海なさり、凛々《りんりん》とした威風を示し、その武功は諸将のなかでも抜群であった。そし

て、ついに高麗国王が降参し、和平を乞うこととなった。それは文禄四年のことであったが、ゆえあって義弘公はわが子忠恒《ただつね》公を現地の城塞に留め置かれた。そして、ご自身はご帰朝なさって、ただちに聚楽第《じゅらくだい》へとお登りになり、殿下《てんが》*4豊臣公*5に拝謁《はいえつ》したのである。

殿下秀吉の悦びようはひと通りではなく、義弘公の朝鮮でのはたらきぶりを賞《ほ》め、さまざまな恩賞の品をお与えになった。

そののち、義弘公は三州へとお下りになり、数年に及んだいくさの疲れを癒されたのであった。

そうしているうちに、高麗国王との和平が決裂し、殿下秀吉はふたたび朝鮮国へ軍勢を

*1――出会いは別れの始まり。
*2――秀吉の命による朝鮮侵略は、天正二十年（一五九二）三月の渡海命令をうけて開始される。この年の十二月に改元されて文禄元年となるため、日本では文禄の役と呼ばれる。
*3――陣鉦《じんがね》と陣太鼓のこと。
*4――摂政・関白などの敬称。
*5――秀吉のこと。

向けることとなった。そこで、義弘公にも軍勢催促の指示がとどき、すみやかに高麗国に渡海するようにという命令がくだったのである。

ここに至って、やむをえず、義弘公はふたたび高麗国へ渡海なさることとなり、今年慶長二年〔一五九七〕二月二十一日に出立するという仰せがくだされた。

このとき、清家もお供をするようにとの君命を蒙った。それはもとよりの望みであったので、清家はただちにお引き受け申し上げた。

そうでなくとも、清家は平田三五郎と生死を共にするという契りを交わしてから、片時たりとも三五郎と離れまいと思っていた。しかし、このたびは、美しさの盛りとなった三五郎を、ひとりあとに残し置いて遠い異国に出陣することになる。それは本当に耐えがたいことであったが、どうしようもないことであった。清家の心中の千辛万苦《せんしんばんく》は、何にたとえようもない。

かの平田三五郎は、このたびの高麗国への渡海に、連理《れんり》の兄*6である清家もお供するよう命じられて、まもなく出陣するはずであったので、名残惜しくてならなかった。鴛鴦《おしどり》*7のようなふたりの身がついに淵川《ふちかわ》に沈むことになったとしても、また、たとえその行き先が火の中、水の中であったとしても、一緒に赴こうと契り置いていた。それゆえ、三五郎も共に出陣したかったのだが、このたびは十五歳以上の者が義弘公のお供として軍勢に加わるということであったので、どうすることもできない。三五郎は人知れぬ思いに心を砕き、何をしても手につかぬまま、ひたすら胸を焦がすばかりであった。ただ、ここに至って願うことといったら、出陣の日が一日でも先に延びてほしいということよりほかはなかったのである。

しかし、早くも二十一日には、御出陣の門出ということになった。各々、帖佐《ちょうさ》*8に参向するようにという手配りであったので、前日の二十日に、三五郎は清家にこう言い送った。

早くも明日はご出陣となってしまいました。今さらながらお名残惜しゅう存じます。

*6――連理の枝は、根や幹が別の木だが、枝が続いて一つになっているものをいい、夫婦・男女の固い契りをたとえていう。ここではそれを義兄弟の契りの堅固さになぞらえている。
*7――雌雄がむつまじく生活する水鳥。夫婦仲のよいことをたとえる。
*8――島津義弘の居館があった地。現在の姶良《あいら》市内。

ただ、何ごとも夢のようなものでございます。かねてよりの約束どおり、今晩、こちらへおいでになり、一宿してくださいませぬか。お待ち申し上げております。また、もしかしたら事情が変わったということもございましょうから、そのときはお知らせください。このこと、取り急ぎこのとおりお伝えします。恐惶謹言。

酉《とり》二月二十日　平田三五郎

吉田大蔵様

清家はすぐさま返書を送った。

この両日は、出陣の準備に取り紛《まぎ》れて、気になってはいたのですが、あなたに連絡することができませんでした。それはそれがしの本望ではありません。そこへあなたからの書状が到来しました。深くお気遣いいただいて、かたじけなく存じております。されば、今晩は夕方からそちらへ参上いたします。そして、天吹《てんぷく》と琵琶一面をご覧にいれましょう。以前から秘蔵していた名品ですので、努めて深く愛情を注いでいただきたく存じます。なお、心に思うことは、後刻、お会いしたときにお伝えします。恐惶謹言。

酉二月二十日　　吉田大蔵

平田三五郎様

三五郎はその日が暮れるのを待ちかね、昼のうちから清家のもとに赴いて、一緒に自宅へと連れ帰ってきた。

三五郎は常に秘蔵して愛好していた備前兼光《びぜんかねみつ》の二尺八寸あまりある名刀を清家に与えて、こう言った。

「この太刀は、私が命にかえて片時も手放さずに秘蔵してきたものでございますが、このたびのご出陣の餞別《せんべつ》として、あなたさまにお贈りします。この太刀で、必ずや高名をなしてください。そうすれば、私は常にあなたさまのお側《そば》に寄り添っているのも同然でございますから。あなたさまもそうお考えください」

三五郎がこう言うので、清家はこれを手に取って押しいただき、

「お志はかたじけないことですが、これほどのご餞別はあまりにも過分です」

と辞退した。しかし、三五郎はほほえみながらこう続けた。

「さては、この太刀を役に立たぬとお考えでしょうか。これは不肖ながら、太守公《たいしゅこう》*9より拝領した刀で、愚親増宗《ますむね》が、幾度も戦場に持参したたいへん吉例の太刀であるということで、私に譲り置いたものです。それを今あなたさまにお贈り申し上げますのに、どうしてご辞退なさるのでしょうか」

ぜひに、と三五郎が言うので、清家は今さら辞退するのもかえって失敬なこと、とこれを受け取った。そして、このとき清家が腰に差してきた、これも二尺八寸あまりある、関《せき》の孫六兼基《まごろくかねもと》が打った太刀を三五郎に与えた。

「これは先祖より代々伝来してきた太刀で、ことには先年、朝鮮で数人の首をみごとに斬り落とした大業物《おおわざもの》です。それがしはこれまで一度もこの太刀で不覚をとったことはありません。特別に秘蔵してきたものではありますが、このたびの離別の名残惜しさに、あな

たに進上いたします。もしそれがしが高麗で討ち死にして異国の土となったならば、これを清家の形見ともご覧ください」

勇猛な清家であったが、こう言いながら、さすがにこれが最後の別れと思ったのであろうか、ただただ三五郎の顔を見つめて涙ぐんでいる。

そのありさまに、三五郎の心中ははり裂けんばかりであった。

しばしは言葉もなかったが、自分が嘆いていては、清家はますますつらいであろうと思い、こう続けた。

「どうしてそのように気弱なことをおっしゃるのですか。戦場に赴く者で討ち死にを覚悟しない者はおりませんが、いっぽうで、首尾よく敵にうち勝って帰ってこようとはお考えにならないのですか。必ずや、私のことなどを朝夕に思い出されて、気後れするようなことはないようになさってください。また、私もあなたさまが出陣された後には、ひたすら文武に励み、力を尽くして士道を貫きます。もしこのたびも、一昨年のごとく二、三年

＊9——ここではかつての島津家の当主のことをいう。

吉田大藏平田三五郎ニ
訣別スルノ圖

高麗への出陣の仰せに、三五郎、清家との名残を惜しむ

も在陣することになったなら、その頃には私も三五の春*10を迎えますので、必ず渡海いたします。あらためて申し上げませぬが、軍中ではただただ高名をのみ心がけてください。もしも討ち死にすることがあったならば、死出の山路*11でお待ちください。私ひとりが生き残っても、何を頼りとして日々を送ればよいのでしょう。すぐにあなたさまに追いつきますから」

こうしてたがいに心の奥底までをうちあけ、ひと晩じゅう、名残を惜しんで話を続けた。夜が更けてくると、もろともに同じ褥《しとね》、夜着《よぎ》にくるまり、共寝をするのもこれまでと、手枕を交わしながら名残の尽きぬ物語を続けるのだった。

やがて、ほのぼのと夜が明け、その時を知らせる鐘が鳴った。

「よい時分となった」

そう言って、清家は二十一日の朝露《あさつゆ》とともに起きあがり、帰っていった。

以前から、ご出陣のそのときには、留守を守る面々は各々帖佐に参向して、門出をお送りするようにとのお触れが出ていたので、その日、清家は巳《み》の刻《こく》*12から三五郎を同道して、帖佐の屋形に参向し、ただちに太守義弘公にお目見えした。帳面で照合しながら、供する者たちが揃うのが待たれている。その間、清家と三五郎は一所に寄り添い、語り合った。しかし、いくら語っても名残が尽きることはない。

やがて、夕陽が西の山に隠れようとするころ、お供をする面々が各々参向した。それはみごとなものであった。義弘公もひとしおご機嫌がよく、時雨《しぐれ》の旗[*13]を先頭に立てて、いよいよご出陣のときとなった。貴賤・老少・男女をとわず、赤ん坊が父や母を慕うように、みな義弘公を恋い慕って名残を惜しんだのであった。

ああ、義弘公は英邁勇断《えいまいゆうだん》の人というだけではない。その徳は堯《ぎょう》や舜《しゅん》[*14]に近しく、その仁は文武周公[*15]にも遠くはない。のちに遠国の人々がその徳に懐《なつ》き、捕虜となった人々が国元に

*10——十五歳の意。十五歳以上の者が出陣を許されたことが前述されている。
*11——死者の魂が越えていくことになる、冥途にある険しい山を越えていく道。
*12——午前九時—十一時。
*13——島津家伝来の軍旗。
*14——ともに中国古代の聖なる天子とされる。
*15——周公旦。文王の第四子で、武王の弟であった。孔子が理想視した聖人としても知られる。

帰るのを忘れたというのも、誠にその仁徳がなすところでなくて何であろうか。

かくて、お供の面々は、ひとまとまりの軍勢ごとにくり出していったのだが、なおこのときに至っても、清家はひたすら三五郎との名残を惜しみ、しっかりとその側に寄り添っていて、共に別れられずにいた。そこで、清家の郎等である佐藤兵衛尉《ひょうえのじょう》武任《たけとう》が走ってきて、

「すでに義弘公はご出立なさいました。それなのに、どうしてそのようにお遅れになるのですか。どんなにお名残を惜しんでも、それが尽きることなどないのですから、もはやこれまでと思い切ってください」

こう言って武任が強く諌《いさ》めると、清家は、確かにそうだと考え、あれこれ言うとますます三五郎のことが名残惜しくなってしまうと思い、ただなにげなく暇乞《いとまご》いして別れようとした。すると、三五郎は、

「しばらく」

と言って、清家の鎧の袖を引き留めた。

「このたびの異国でのいくさでは、必ずや忠義を重んじて、目にあまるほどの高名を重

ねてお帰りください。お待ちしております」

こう言って、三五郎は和歌を詠じた。

武士《もののふ》の高き名を得て故郷《ふるさと》に着て来る花の錦をぞ見ん

〔真の武士であるあなたが高名を手に入れて、故郷に着て帰ってくる美しい錦を見たいものだ。〕

清家もまたすぐさま歌を返した。

浮旅《うきたび》も忘れやせまじ言《こと》の葉の花の匂《にほひ》を袖に移して

〔これからの旅はつらいものとなるかもしれないが、あなたの言葉を忘れはしない。その花のように美しい言葉からただよう匂いをこの袖に移らせ、しみこませておいて。〕

このように詠じて清家は、

「さらば」

と言って、三五郎が引きとどめている袖を振りきり、後陣の軍勢のなかに加わっていった。

あとにはひとり三五郎が残された。

ただ清家の後ろ姿を見送り、もしこのたびの合戦であえなく討ち死になさってしまったら、これがこの世での最後の別れとなるかと思うとどうにもこらえきれなくなり、ただ途方に暮れてその姿を眺めやるのだった。

そのときのふたりの心の内の悲しさを思いやるにつけ、どんなに名残惜しかったことかと、あらためて思わずにはいられない。今の世までもそれが偲ばれ、余所《よそ》にいてそれを聞いてさえ哀れに思われ、ふたりを知らぬ者でも袂《たもと》にかかる涙を絞ることになるのだから、まして三五郎と清家がどれほど名残を惜しんだことか、それを筆で書き尽くすことなどできるはずもない。

こうして太守義弘公は蒲生《かもう》[16]に到着なさった。すると、その夜、島津家の吉事である島津雨[17]が激しく降り出し、不思議なことに、狐火[18]がたちまちその闇を照らしたのである。

「これは異国でのいくさの勝利を、稲荷大明神[19]がお告げになっているのだ」

そう言って、島津軍はみな躍りあがって慶《よろこ》んだ。

翌二十二日に、義弘公は隈之城《くまのじょう》*20に到着なさり、そこで十日あまり逗留なさったのだが、そこへ種子島左近将監《たねがしましまさこんのしょうげん》、樺山権左衛門尉《かばやまごんのさえもんのじょう》などがやってきて、義弘公の軍勢に加わった。

そこから久見崎《ぐみざき》*21にお移りになり、そこで軍船に乗って纜《ともづな》を解いて進み、日数を経てついに高麗国に着岸なさったのである。

*16――現在の始良《あいら》市内。
*17――島津氏の祖忠久《ただひさ》が、大雨が降る中、住吉社の境内で産み落とされたという故事に基づいて、薩摩藩・島津家では戦場などで降る雨を島津雨と呼んで佳例とした。
*18――島津家・薩摩藩では、狐火が現れるのを吉事とした。これも、家祖忠久が狐火に照らされながら誕生したという故事に由来する。
*19――近世の島津氏は稲荷大明神を氏神として祀っていた。
*20――現在の薩摩川内市内。
*21――現在の薩摩川内市内。川内川の河口に位置した軍港。

三五郎の節義、諏訪神社への日参

平田三五郎宗次は、吉田大蔵清家と別れてから、あらためて名残惜しく感じ、寂しさが日々に増していった。寝ても覚めても、清家が今日はどの国に向かっておられるのだろう、今宵はどこに宿っていらっしゃるだろうかと思われてならない。

そうして春が過ぎ、夏がやってきた。

わが君義弘公が海上つつがなく高麗に着岸なさったことを伝える飛脚船が到来し、三州[*1]じゅうにそれが仰せ渡された。そのため、三五郎も少しは安心したのだが、いくさの勝ち負けは予断ならぬもの、前にも増して思いわずらうこととなったのである。

三五郎は、昼夜を問わず穏やかではいられなくなり、あまりにも為《な》す術《すべ》がないので、東福ヶ城[*2]の麓に鎮座する諏訪大明神に日参し、義兄弟の契りを交わした兄清家が武運に恵まれ、ふたたび帰朝できるようお守りくださいと、命をかけて祈るのだった。

三五郎の屋敷は玉龍山《ぎょくりゅうさん》[*3]のこちら側で、諏訪神社まではわずかに五、六町[*4]に満たない距離であった。それゆえ、いつもひとりで参詣していた。

時はたちまち流れゆき、年が明けて慶長三年〔一五九八〕、宗次は二七の春[*5]を迎えた。今が盛りと咲き誇る花のような三五郎が、ふたたびめぐり来ることのないこの春を、空しく眺めながら過ごしたのである。それは、深山の奥で、誰も惜しむ人のいない桜木に咲く花が色香を漂わせているのも同然であった。

さて、石塚十助は、先ごろ姦計をめぐらして偽《いつわ》りの書状をしたため、兄弟の契りを交わ

＊1——島津氏の領国が広がる薩摩・大隅・日向国をいう。
＊2——東福寺城のことか。その場合、現在の鹿児島市清水町に位置した山城にあたる。
＊3——島津家の菩提寺であった玉龍山福昌寺《ふくしょうじ》（廃寺）もしくはその周辺をいうのであろう。その跡地には玉龍中学校・高等学校が建つ。
＊4——一町は約百九メートル。
＊5——十四歳の意。

した清家と三五郎の仲を引き裂こうと悪巧みを企てたのだが、ついにそれはうまくいかずに終わった。それ以来、清家と三五郎はますます無二の契りを結ぶことになったと聞いて、こらえようもなく思っていた。石塚は去年、朝鮮へのご出陣の際には病気だったため、お供の人数からは外れたのだが、今や清家は出陣していて留守である。これこそ好機とばかりに、石塚は思いのほどを書状にしたためて、三五郎に送ったのである。

三五郎はこれを見て、ただ地面にうち捨て、何の返答もしなかった。

それから石塚は千度《ちたび》艶書を送ったが、三五郎は一度もそれを開き見ることなく、封をしたまますべてを焼き捨てた。

石塚はもはやどうしようもなく、さまざまに奸智《かんち》をめぐらし、威勢をもって三五郎を脅《おど》し、多勢をもって彼を手に入れようと同志を募ったところ、血気に逸《はや》る荒くれ者たちがおもしろがって、五、六人で組んでかわるがわるに不意を窺っていると、弥生《やよい》下旬のころだったか、小雨降る日の夕暮れに、傘もささずにただひとり、かの平田三五郎が諏訪神社への参詣の途《みち》で、石塚十助と行き会ったのである。

石塚はすぐさま同志の者たちをうながして三五郎のあとを追い、諏訪神社へと先回りした。そうとは知らず、三五郎は諏訪神社の社殿の中にしばらく留まって、着ていた上下《かみしも》を整え直し、遠く高麗の地で続くいくさのことにひたすらに思いを馳せながら座《ざ》していた。

やがて夕陽が西の山へと傾き、入相《いりあい》の鐘の響きにはっとして、三五郎が立ち帰ろうとしたところ、羽織を頭からかぶった荒くれ者たちが五、六人、鳥居の側《そば》にいわくありげに集まっている。近づくと、三五郎を中に取り込めるように前後左右に散らばり、奇声をあげながら石垣に身体をうち当てる者もいれば、地面をころげまわる者もいた。*6

三五郎は心中、烈火のごとく怒り、石塚らのしわざだと察して、

――もしも無礼をなすようなら、どうしてそのままにしておくことがあろうか。

と、刀の鯉口を切り、触《さわ》れば斬るぞという風情で、冷ややかに睨《にら》みながらそこを通り抜けた。その勢いに気《け》おされて、さすがに臆したのであろう、石塚らもこれといったこともせず、ただ三五郎の後ろや前から声をかけただけで、諏訪神社の鳥居から三五郎の屋敷までずっと付いてきたのだが、三五郎はそのまま屋敷の中へと入ったのだった。

---

*6――いずれも三五郎を威嚇する動作。

そのあと、石塚らは歯ぎしりをして憤慨し、

「それにしても残念でならぬ」

と、刀を引き抜いて振りまわしたりして気を抑え、次の機会を待つことにしようと、そのまま各々帰っていった。

その夜、三五郎はつくづくと考えた。

――あの石塚たちは、いずれまた今日のように、威勢をもって私を抑えつけようとすることだろう。よしよし、彼らが何十人いようとも、どうしてこの程度の姦計を恐れることがあろうか。かつて清家尊兄が、「礼儀ある人にはへりくだるとしても、権威をもって威圧しようとする人には、その威勢に屈してはならぬ」とお教えくださったではないか。こうなったら、明日からわざと時刻を決めて参詣してみよう。彼らごときの者どもがどれほどその威勢で脅したとしても、私はもう十四歳、どうして子供と同じということがあろうか。もしも無礼をはたらくのであれば、真っ二つにしてくれよう。

その勇気はじつに健気《けなげ》であった。

かくして、三五郎はその翌日も、前日と同じ夕刻のころ、時刻を決めて参詣したが、そ

の視界をさえぎる者はいなかった。そこで、それから毎日、同じ時分に参詣し続けたのだが、そののち数度、石塚らに出会ったけれども、もとより三五郎は覚悟を決めたことなので、始終いささかも動揺しなかった。いつも冷ややかに相手を睨んで通っていったので、石塚たちは一度も大したことができなかった。「下手《へた》の分別《ふんべつ》はあとから」*7の言葉どおり、石塚らはいろいろ言って後悔してはいるのだが、いざそのときになると三五郎の勇気にさすがに臆してしまったのだろう、たがいに誰彼《だれかれ》と譲り合っている。その臆病なことといったら、じつに未熟なことであった。

さて、光陰《こういん》矢のごとく、はや今年も冬十二月中旬になった。三五郎はその間、何度もかの石塚らに出会ったけれども、不覚を取ることはなかった。それは、あっぱれ健気な振る舞いであった。

＊7——下手の思案は後に付く。下衆《げす》の後智恵《あとぢえ》。愚かな者はその場では何の智恵も浮かばず、あとになって名案が浮かぶということ。

高麗からの帰陣、清家と三五郎の再会と薩隅日の騒動

さて、高麗に在陣した加藤・小西のほか、黒田・立花・毛利・筑前・鍋島らをはじめとした諸将の軍功は莫大であった。なかでも、わが君兵庫頭《ひょうごのかみ》島津義弘公は、智仁勇の三徳を兼ね備えていらっしゃる名将で、ご子息忠恒《ただつね》公と甥御《おいご》の忠豊《ただとよ》公も、ともにすぐれた方々であったので、島津軍に従い奉った輩《ともがら》はみな一騎当千の者たちで、忠を刃の鋒《きつさき》に表し、義を六具*1として戦い、島津軍は百戦百勝であった。武功において、義弘公の右に出る者はいなかった。

とりわけ、去る十月朔日《さくじつ》*2には、泗川新寨《しせんしんさい》*3で明《みん》の大軍二十万騎をただ一度の戦いで壊滅させ、三万八千七百十七もの首をとり、その他斬り捨てたものは数知れずといったありさまで、誠に無双の大勝利であった。和漢の先例をかえりみても、一度の戦いでこれほどの首

をとったという話はいまだ聞いたことがない。

ああ、義弘公の神のようにすぐれた武徳、また巧妙なはかりごとについては、このことをもって知られよう。智は良平《りょうへい》*4を上回り、勇は関長《かんちょう》*5の下ということはない。軍勢の統率という点でも、あの孫呉《そんご》*6がふたたびこの世に現れたとしても、公の言葉に従うことであろう。それゆえ、わが国の武名を聞いて、明人が島津を「石曼子《シマヅ》」と呼んで恐れたというのもも*7

---

*1――ふつう、鎧の胴、籠手《こて》、袖、脇楯《わいだて》、脛楯《はいだて》、臑当《すねあて》の六種をさす。

*2――一日。

*3――慶尚道泗川《キョンサンドサチョン》の地で、船津浦《ソンジンポ》に面して築かれた島津軍の城郭のこと。釜山《プサン》と順天《スンチョン》の中間あたりに位置する。

*4――漢の高祖の智謀にたけた家臣である張良《ちょうりょう》と陳平《ちんぺい》の併称。

*5――対句を勘案すると、おそらく「関張」で、関羽《かんう》と張飛《ちょうひ》のことであろう。

*6――中国の著名な兵法家、春秋時代の孫武《そんぶ》（孫子）と、戦国時代の呉起《ごき》（呉子）のこと。

*7――薩摩藩で編纂され、寛文十一年（一六七一）に成立した史書『征韓録《せいかんろく》』に載る林鵞峯《はやしがほう》が記した序文がこの件に言及しており、以後の認識に大きな影響を及ぼした。『明史《みんし》』にその記載がある。

っともである。おそらく、高麗八道[*8]を制圧したのは、諸軍の功績ではない。わが義弘公ひとりの功績とするのに、いったい誰が異論をはさむであろうか。

ところで、高麗でのご在陣は前後七年に及び、ついに八道を打ち従え[*9]、慶長三年冬十一月に諸将はそれぞれに帰朝することとなった。わが君義弘公も同じくご帰帆なさって、島津軍の軍勢を筑前国今津[*10]から国元へ帰らせ、公自らはご子息忠恒公とともに、山城国伏見[*11]に到着なさった。

さて、かの吉田大蔵清家は、このたびの高麗在陣で数度のいくさで勲功をたてた。とりわけ、一度も先駆けを逃したことはなく、泗川大戦の際には抜群の高名をあげて、深く義弘公の御感《ぎょかん》に与《あず》かり[*12]、世に名誉を高めたのであった。

とくに、帰朝するにあたって、樺山正征《かばやまただゆき》[*13]・同久高《ひさたか》・喜入忠政《きいれただまさ》らは五百人あまりが乗った兵船で南海島の岸へと流れ着いたのだが、清家もそのなかにいた。清家は竹内某[*14]とともに、船中の節を守って唐島[*15]に到着し、そこから太守公に連絡して援軍を乞い、五百余人の命を救ったのであった。それはひとえに吉田と竹内の功である。とりわけ、清家の義毅・勇敢は賞賛に値する。

そのほかにも、清家の義を重んじたふるまいや忠を尽くしたはたらきは多いのだが、それを語ると話が長くなるので、ここでは省略する。やはりそれを知りたいと思うならば、他の書物を探してみるとよいだろう。

こうして、吉田清家は十二月中旬ごろ、薩州に帰国した。ちょうどこの頃は、長く降り続いた雪のため、耐えがたいほどの寒さだったのだが、その夜のうちに、平田三五郎の屋敷へと向かったのであった。ふたりの心中を推し量ってみるとよい。

＊8――咸鏡道《ハムギョンド》・平安道《ピョンアンド》・黄海道《ファンヘド》・京畿道《キョンキド》・江原道《カンウオンド》・忠清道《チユンチョンド》・慶尚道《キョンサンド》・全羅道《チョンラド》の八道。
＊9――この結果は誇張されたものである。
＊10――現在の福岡県博多市内。
＊11――現在の京都市伏見区内。
＊12――称賛されること。
＊13――忠征が正しい。続く久高の甥。
＊14――竹内兵部少輔実位のこと。
＊15――巨済島《コゼド》のこと。

過ぎ去ったかつてのつらい別れは、今となっては笑いをさそう種となった。清家が、この二年の在陣中、いくさが続くなかで片時も三五郎のことを忘れることはなかったと語れば、三五郎は諏訪神社への日参のことから石塚たちとの一件まで語った。清家はそれを聞いて歎息し、三五郎の節義に感じ入った。

その夜、清家は三五郎の屋敷に一宿し、つもる思いをたがいに語り明かしたのである。ああ、有為転変《ういてんぺん》のこの世の中。今、このように再び逢うことになるとは思ってもいなかった――。そう考えているふたりの心の内のうれしさといったら、ただ昔、王質《おうしつ》が仙界から戻って七世の子孫に逢った[*16]そのときの悦びも、これに過ぎることはないだろうと思われた。

誠とは天の変わらぬ姿であり、誠あるのが人の道である。遠い昔から今にいたるまで、多くの人々が、かの両人の節義あるふるまいにあらわれた誠を賞嘆するあまり、清家が雪を踏み分けて三五郎の家を訪ねていったその姿を絵に描いて忠信・節義の鑑とし、その行《こう》跡《せき》に学んでいる。それはじつに尊いことだ。

今は末世ではあるが、昔のすばらしさを感じ取るのが人の心の習いというものである。

諏訪某《なにがし》という人が、かの写し絵をご覧になり、懐古のあまりに三五郎の心になりかわって、このように詠じている。

死なば別れ生《いき》ては何を報《むく》ひまし雪分《わけ》て来《こ》し人の誠を

〔雪を踏み分けて私に逢いに来てくれた方の誠に対して、死ねば別れることになるが、生き続けるとしたらどのようにして報いようか。〕

それから、清家と三五郎は、それまで以上にかたく契った義兄弟となり、片時も傍らを離れることはなく、昼はともに武芸について講じ、夜はたがいに手枕をして寄り添い、こ

＊16——王質という木こりが道に迷い、石室山（中国・浙江省）の洞窟で、碁に興じる二人の仙人と出会い、勧められて棗《なつめ》の種のようなものを食べたのちにそれを観ているうちに、ふと気がつくと傍らに置いた斧の柄が朽ちていた。山を下りてみると、長い時間が経っていたという仙界訪問譚に基づく。中国六朝の梁代、任昉《にんぼう》が編纂した『述異記《じゅついき》』の他、諸書に形を変えつつ収録されている。

の契りはさざれ石となるまで変わらぬと誓い合ったのである。

❖

こうして過ごす月日は矢のように流れゆき、年が明けて慶長四年〔一五九九〕の春となった。

数年にわたって鬱屈していた思いがようやく晴れてきて、まだそれほどの時が経っていなかったのだが、またひとつの大事が生じることとなった。

太守公[17]が、当時の家老伊集院右衛門大夫忠棟《いじゅういんうえもんのたいふただむね》を、ゆえあって伏見の茶室で誅殺《ちゅうさつ》なさったのである。

忠棟の子、源次郎忠真《げんじろうただざね》は、居城である都城《みやこのじょう》[18]にたて籠もり、十二の砦《とりで》[19]を構えて、太守公への恨みを晴らそうと企てているといった風聞が、さまざまに聞こえてきた。その真偽は明らかではないのだが、そのとき以来、三州は騒動となって、人々はみなはなはだしく混乱し、慌てふためくこととなった。

なかでも、若い勇士たちは、

「ああ、忠真よ、籠城してくれ。そうすれば、世に名を知られた内村半平らを生け捕りにして、わが手柄としようものを」

と勇み立ち、はやくも出陣の用意をしている。

かの石塚十助は、三五郎に思いを寄せ、種々の姦計を尽くしたけれども、ついに事は成就しなかった。そのうちに清家が帰朝して、ふたりの契りはいよいよ深まった。今となってはどうすることもできずに空しく月日を過ごしていたのだが、このたび庄内で忠真が籠城したという風聞を耳にして、かの忠真と縁があったので、急ぎ都城に馳せゆき、そのまま伊集院方に加わったのであった。

＊17――ここでは島津忠恒をさす。忠恒は義弘の子で、のちに家久と改名。初代薩摩藩主。

＊18――現在の宮崎県都城市。

＊19――都之城《みやこのじょう》（鶴丸城）・志和池《しわち》城・野之美谷《ののみだに》城・山田城・安永城・高城《たかじょう》・山之口城・梶山城・勝岡城・梅北《うめきた》城・末吉《すえよし》城・恒吉《つねよし》城の十二城のこと。

庄内一揆の籠城。清家と三五郎、ともに出陣す

さて、伊集院源次郎忠真《いじゅういんげんじろうただざね》は、老父忠棟《ただむね》が殺されたことを憤り、都城《みやこのじょう》にたて籠もり、太守忠恒公への恨みを晴らそうと、ただちに十二の砦《とりで》を構え、日州《にっしゅう》と隅州《ぐうしゅう》の間の道を遮断して、叛逆《はんぎゃく》の色をあらわにした。そのため、龍伯公*1の命によって、新納武蔵守《にいろむさしのかみ》*2・山田越前守《えちぜんのかみ》*3が両大将となって外城《とじょう》の軍勢を従え、思いがけぬ凶徒への押さえとして日州へと出立した。

このことはさっそく伏見に報告されて、少将忠恒公も中務大輔豊久《なかつかさだいぶとよひさ》*4も、ただちにご下向なさり、同年六月上旬に、少将忠恒公は鹿児島を威厳をある様子で出で立たれ、日州の凶徒を征伐なさったのである。それに従った人々は、まず島津中務大輔豊久、阿多長寿院盛《あたちょうじゅいんもり》淳《あつ》、島津下野守《しもつけのかみ》久光*5、島津河内守《かわちのかみ》忠信*6、島津豊後守忠朝《ぶんごのかみただとも》*7、喜入摂津守忠政《きいれせっつのかみただまさ》をはじめとして、その他には鎌田政近《かまたまさちか》、佐多《さた》太郎次郎*8、比志嶋紀伊守国貞《ひしじまきいのかみくにさだ》、平田太郎左衛門尉増宗《さえもんのじょうますむね》ら

の諸将である。勇猛な精鋭たちが数万にも及んでおり、ここで一々に記すいとまはない。雲霞のごとき大軍であった。

さて、吉田大蔵清家と平田三五郎宗次は、ともに君命に応じて出陣したのだが、三五郎はわざと父増宗に後れ、六月十日の暁《あかつき》、清家とともに兄弟連れだって出陣したのだった。ところで、ふたりは、隅州の帖佐《ちょうさ》を通りすぎるとき、武運を祈るために米山薬師に参詣した。そのとき、薬師堂の左の柱に、かすかな墨蹟を見つけたのである。

＊1——島津義久。忠恒の伯父。先代の太守。
＊2——新納忠元《ただもと》。法名、為舟《いしゅう》。
＊3——山田有信《ありのぶ》。法名、理安《りあん》。
＊4——忠恒の従弟。日向の佐土原城主で、このとき在京していた。
＊5——正しくは久元。父は忠長。
＊6——正しくは忠倍。父は忠長。久元の兄にあたる。
＊7——この時の豊後守は忠朝の四代あとの久賀（忠賀）で、時代があわない。
＊8——正しくは六郎次郎。

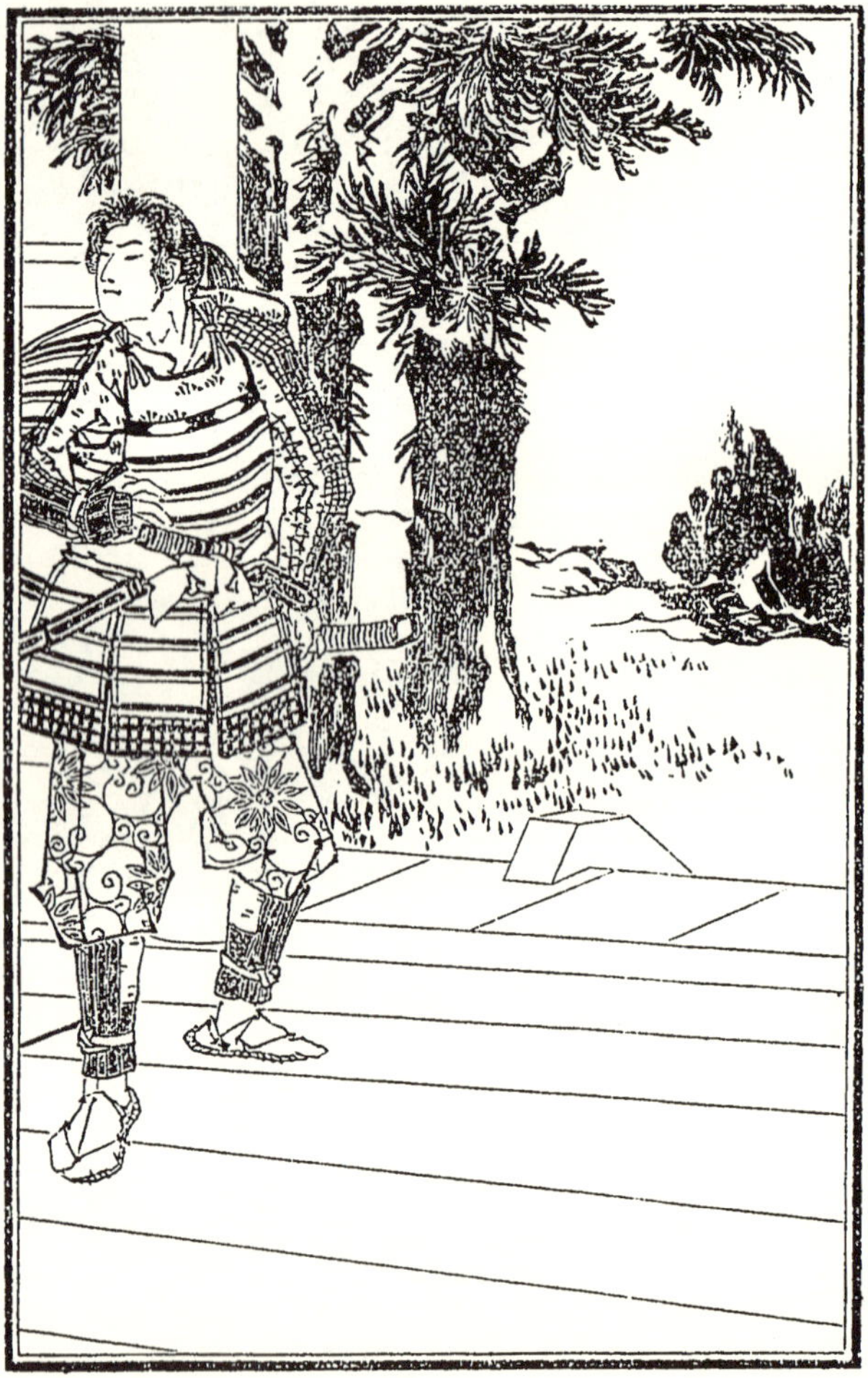

吉田平田ノ二氏薬師へ
參詣スルノ圖

文禄元年〔一五九二〕壬辰《みずのえたつ》二月、[*9] 隅州帖佐の住人帖佐六七《ろくしち》、今度朝鮮渡海

その下には、こうあった。

命あらば又も来て見ん米山や薬師の堂の軒端《のきば》荒《あら》すな

〔命があって帰朝できたならば、私はふたたびこの米山薬師に詣でて、ここに書きつけた墨書をみるつもりだ。それまではだれも薬師堂の軒端を荒らしてはならぬぞ。〕

清家と三五郎は感嘆し、

「かの六七は、去る年、高麗の昌原での狩りに際して、虎に嚙《か》まれて死んだ勇猛無双の勇士だ。[*10] ああ、なんとも哀れなことだ。筆の跡ほど、末代まで残りとどまる形見はない」

と感涙にむせぶのだった。

「されば、われらもこのたびの合戦で、千にひとつも生きて帰れるとは思うまい」

そう言って、清家はすぐさま矢立《やたて》[*11]を取り出し、薬師堂の右の柱に、

時に慶長四年〔一五九九〕己亥《つちのとい》六月十日、平田三五郎宗次、吉田大蔵清家、共に庄内一戦の旅に赴く

と書き付けた。そして、ふたりはそこから出立したのである。

のちに、この両雄は戦死し、その身は苔の下に朽ちて野外の土となったけれども、その名は死後もとどまって、末の世までも残ったのであった。この柱の墨書を見る人は、涙に濡れた袂《たもと》を絞りきれない。本当に、「龍門原上《りゅうもんげんじょう》の土は骨を埋めて名を埋めず*12」とは、この

*9――天正二〇年（一五九二）十二月に改元されて文禄元年となる。この年の三月十三日に秀吉の渡海命令が出された。
*10――この様子は、薩摩藩で制作された朝鮮での虎狩りを主題にした屏風絵や絵巻のなかに描かれている。薩摩藩内で語り継がれ、よく知られていた話題であった。
*11――携帯用の筆記具。
*12――屍が朽ちても名が後世に残ることをいう。白居易の詩による。

ようなことを言うのであろう。

財部合戦、清家と三五郎の討ち死に

さて、伊集院甚吉《いじゅういんじんきち》と猿渡肥前守《さわたりひぜんのかみ》がたて籠もる隅州財部城《ぐうしゅうたからべじょう》というのは、十二城のひとつで、逆徒の張本である伊集院忠真《ただざね》の居城である都城《みやこのじょう》の西に当たって、その間はわずかに一里[*1]ほどであった。また、忠真の股肱《ここう》の臣[*2]である白石永仙と伊集院五兵衛尉らがたて籠もる安永城を背にしているので、在陣した軍勢は攻め寄せることができなかった。

ここから隅州浜之市《はまのいち》[*3]へ続く一筋の山道があった。義久《よしひさ》入道龍伯《りゅうはく》[*4]公は富隈城《とみのくまじょう》にいらした

＊1——約三・九キロメートル。
＊2——主君の手足となってはたらく、信頼された臣下のこと。
＊3——大隅国始良《あいら》に位置し、錦江湾に臨む交通の要衝。島津義久の居城である富隈城がここにあった。
＊4——島津義久。

のだが、賢慮をめぐらし、その道の途中、渡瀬という所に新しい関をつくって、敵が襲ってくるのを防ぐのがよいと判断し、一陣をそろえて市成隼人助《いちなりはやとのすけ》武重兄弟*5に命じて、その陣を守らせた。

また、財部の白毛峠からのひとつの通路があったので、ここは伊地知《いじち》周防守が君命をうけて守っていた。

この二つの陣に敵勢が襲い来たり、小競《こぜ》り合いがおこることがしばしばあったという。

そうしているうちに、秋の末ごろ、龍伯公の命により、山田越前守有信入道理安が全軍の指揮を執り、財部城を攻めることとなった。巳《み》の刻《こく》*6から始まったいくさは、寄せ手が秘術を尽くして攻めたが、城兵たちもまた武功の者たちで、ここが大事な瀬戸際と、よく防ぎ戦った。

なかにも、忠真の家臣である瀬戸口岩見《せとぐちいわみ》という者は、屈強の鳥銃《ちょうじゅう》*7の名手であったのだが、緋縅《ひおどし》の鎧を着て、崖の近くに生えていた小松を楯として、寄せ来る敵に撃ちかけたところ、島津勢はたやすく近づくことができなかった。

これをみた讃良善助《さがらぜんすけ》が十匁《もんめ》*8の鳥銃を放ったところ、過《あやま》つことなく岩見の身体の真中を打ち抜き、岩見は真っ逆さまに崖から下に落ちそうになった。だが、長曾我部甚兵衛尉《ちょうそかべじんひょうえのじょう》が走り来たって、岩見の身体を取って引きあげ、味方の陣へ助け入れようとした。そこへ、間髪入れず鉄砲が放たれ、長曾我部は腰に差していた団扇《うちわ》をみじんに打ち砕かれたのだが、それをものともせず、岩見を助けて本陣に帰っていった。その姿は、あっぱれ、立派なものであった。

これをいくさのはじめとして、敵味方が入り乱れ、たがいに巴の紋を描くように斬りまわり、十文字をなすように斬り立てた。鬨《とき》の声は天地を動かし、山岳もこれがために崩れ落ち、鳥銃を撃ち交わす音、斬り合う太刀の鍔音《つばおと》は、天地を引き裂くようである。

味方では、平田仁左衛門尉、宮内治部らが討ち死にした。そのほか、両軍で傷つき、戦死した者は数知れずというありさまとなった。

＊5――武重の弟は藤介武明という。
＊6――午前九時―十一時。
＊7――鳥を撃つ銃。小銃。
＊8――十匁玉のこと。一匁は三・七五グラム。

さて、吉田大蔵清家と平田三五郎宗次は、いつもたがいに寄り添って、駆けるも引くも共にして、形あるものにいつも影が寄り添っているかのような様子であった。

ふたりは毎度手柄を立てていたのだが、今日も今朝からもろともに、一つ道をゆこうと志してふたり連れだって進んでいた。しかし、隙のない合戦が続くなかで心ならずも押し隔てられてしまい、ついに清家は討ち死にしてしまったのである。

一人当千の郎等である佐藤兵衛尉武任《たけとう》が、かの死骸を肩にかけて味方の陣に引き返してきた。

後ろをみると、そこには三五郎が立っていた。卯《う》の花威《おどし》の鎧を着て、あえて甲《かぶと》をかぶっていない。上品で美しいその顔の鬢《びん》の髪は乱れ、鎧の袖にはらはらと乱れかかっている。その様子は、さながら楊柳《ようりゅう》の葉が春風になびいているような風情である。清家を尋ねかねた様子で、ただ呆然と立っているのだった。

武任はこれをみて尋ねた。

「三五郎様ですか」

三五郎は、

「清家殿はいかがなされたか」

と返す。

「すでに討ち死に……」

武任がそう答えると、三五郎は、

「これはいったい。あさましきこと……」

と言って馬から飛び降り、そのまま清家の亡骸《なきがら》に抱きついて泣きくずれたのだった。

「よしよし、今はもうどうすることもできない。隙のない合戦で、後れてしまったのはじつに無念だ。今生《こんじょう》での対面は今このときまでぞ。武任よ、さらば」

こう言い捨てて、三五郎はふたたび馬にひらりと打ち乗り、そのまま敵陣に駆け入った。そしてその命は、たちまち古井《こい》の野原の草葉におく露霜《つゆしも》のように、はかなく消えたのであった。いたましいことであった。

❖

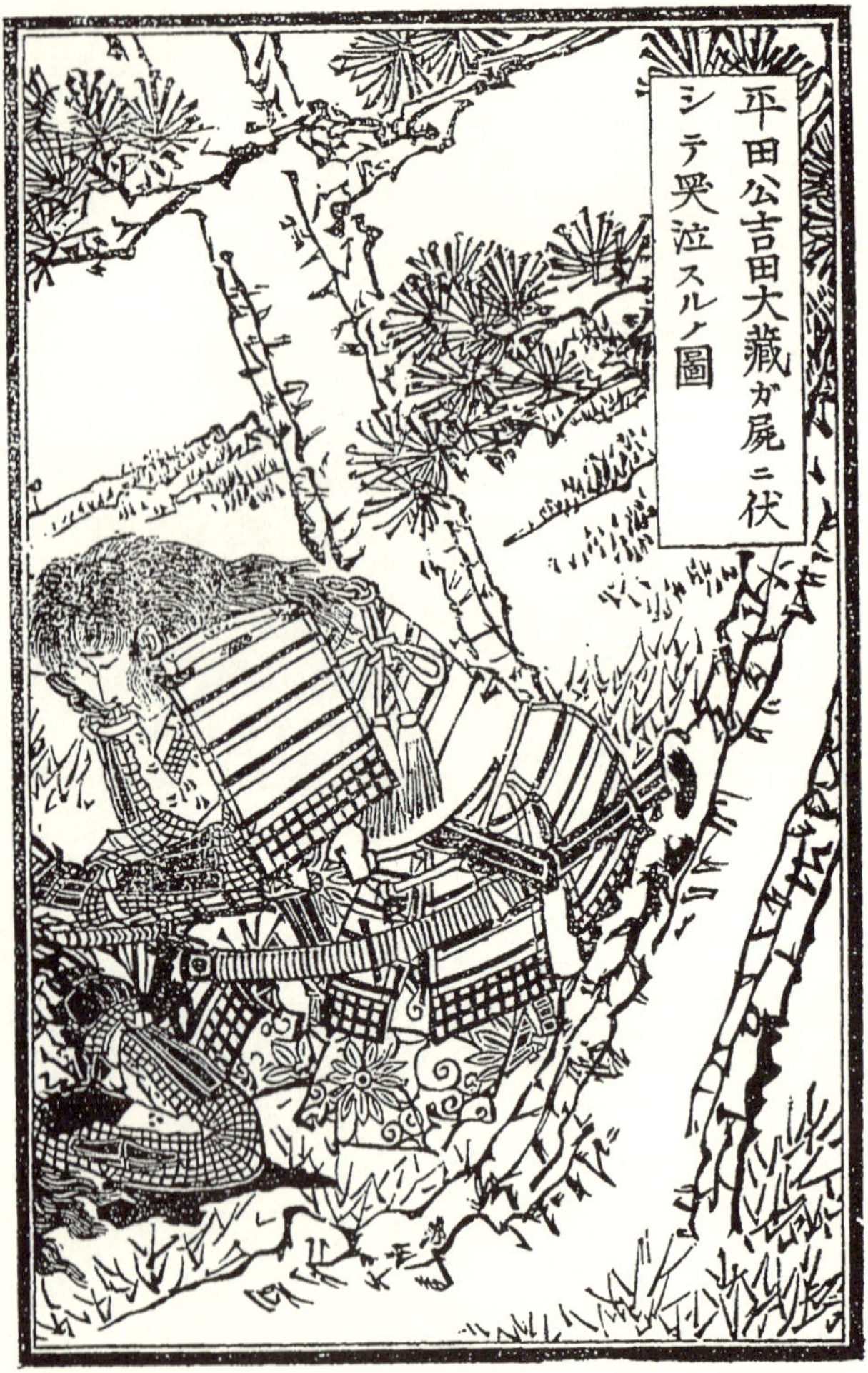
平田公吉田大藏ガ屍ニ伏
シテ哭泣スルノ圖

財部合戦、清家と三五郎の討ち死に

哀れなるかな、三五郎は今年ようやく三五の年。*9 十代のころの春秋《しゅんじゅう》は、ただひとときの小蝶の夢のようにはかない。

義を知る武士が貫く弓矢の道ほど、この世ではかないものはない。

つらつらこの一件を考えてみると、春の朝《あした》に咲く花の色が一陣の風に誘われて消え、秋の夕暮れに輝いていた紅葉の葉が一晩のうちに霜におかされてその色を変え、空しく散っていくその風情よりも、なおいっそうはかないことと思われてならない。

ああ、三五郎はいまだ壮年にも至ることなく、どうしてこれほどまでに弓矢の道に励み、ついに落命することとなったのだろうか。

朱に交われば赤くなり、墨に交じれば黒くなる、と言われる。三五郎は、いやしくも文武二道に長じた清家に親しんで兄弟の契りをなしたがゆえに、忠孝・廉直《れんちょく》・剛気なる清家の気風に、おのずと似ているというのはもっともなことだ。

ああ、人が禽獣《きんじゅう》と異なるのは、ただ義を守っているがゆえである。もし、義なるものの大いなる源を守らなければ、誰であっても鬼畜と異なることはないのである。

三五郎はいまだ幼かったけれども、義を知り、義を守った。ゆえに佳名を末代にまで残し、その遺跡は乾坤[*10]ともに朽ちることなく、後の世の勇士の亀鑑《きかん》[*11]となっている。

それゆえ、今の世の少年たちはいうまでもなく、まだ若い武士の輩《ともがら》は、必ず武ある士となじみとなり、義兄弟の契りを結び、まさに忠孝を重んじ、義を見て常に勇をおこなうのがよい。そうすれば、誰しも、かつての清家と三五郎に劣らぬ心を養うことができる。

これから後の世の男色[*12]を好む人は、たとえ生死をかけた交わりをしたとしても、ただ色道にふけっているだけで、忠と孝のふたつを忘れ、信義の心を持たないのであれば、今川氏真《うじざね》にとっての三浦[*13]のように、また、武田勝頼が土屋[*14]を寵愛したときのように、大ごととなれば国を滅ぼし、小事であればわが身を破滅させることだろう。これこそが勇士が浮沈

＊9――十五歳の意。
＊10――天地のこと。
＊11――行動の基準となる模範。手本。
＊12――義兄弟の契り。
＊13――三浦右衛門のこと。
＊14――土屋昌恒《まさつね》のこと。

するときの境目であるから、恐れ慎まなければならない。

おそらく、この巻[*15]は折にふれ、事あるごとに、後の世の壮士たちの玩《もてあそ》びものともなるだろう。そのときは、よくよく心を落ち着かせてご覧なさい。恐れるべきは倉田と小浜の始終のありさま。また、恥ずべきは石塚らの姦計。ひたすら慕うべきは吉田と平田の義理ある契り。かの清家が自分の腕を脇差で刺させた一件は、父母が遺してくれた自分の身体を傷つけるという、義ならざる行為のようにみえるが、それとて義が厚いところから発したふるまいであるから、それで身体が傷つくわけではないのだ。

この話は、単に色道という観点からみれば取るに足りないことだが、義理という観点からみると、わが師を見いだすような益がもたらされることだろう。

繰《くり》返し心を留めて見るに尚《な》ほ道の奥知る賤《しず》のをだまき
〔この『賤のおだまき』をくりかえし気をつけながら読んでみると、いっそう義の道の奥深さを知ることになるのだ。〕

変《かは》らじと互ひにかはす言の葉の誠を照らす鏡とやせん

〔変わらないとたがいに交わしたその言葉を、誠というものを照らし出す鏡としようか。〕

＊15――本書『賤のおだまき』のこと。

附録

三五郎は妙齢《みようれい》*1で、やっと成童《せいどう》*2に至ったばかり。その天性の気質の麗しさには誰も及ぶ者がいなかった。気高い眼、細い眉、美しい顔つき、黒く美しい髪は雲のようで、唇は紅を帯びている。龍陽君*3も董賢*4も、どうしてこれと比べることができようか。路傍で三五郎を見る者はみな目をこらした。武芸・弓馬の技についてはまったく並ぶ者がなく、学問を好んで和歌を詠じ、豊かな感情をそなえていた。

ある朝、清家がその姿を目にした。以来、三五郎を思慕する思いが、寝ても覚めてもわきあがってくるのだった。

この清家こそは壮士にして英傑、その忠孝・文武は周囲から抜きんでていた。同じ気質が共に感じ合い、美しい契りを結ぶこととなった。ふたりは深い情を交わし、終に兄弟の義を約したのである。このときから、ふたりはどこへ行くにも離れることなく、たがいに生死を共にすることを誓い合い、それゆえに臂《ひじ》を刀で刺したのだった。

慶長己亥《つちのとい》の年、*5 都城《みやこのじょう》で逆臣が乱を起こし、いくさがあった。島津義久公は軍勢を召集して、庄内を制圧した。兄弟はこれに従軍して、北へと向かった。財部城外《たからべじょうがい》での決戦の日、両陣はみな殺しになって、吹く風はそのために腥《なまぐさ》かった。壮士清家はこのいくさで討ち死にして、帰ってくることはなかった。従卒がその屍《しかばね》を肩に負って陣営に引き返そうとする。三五郎はその死を悲嘆して、前に進むことができない。そっと流した涙がひろがる。それはまるで、花の咲いた梨の小枝が春の雨に打たれているようで、楊貴妃が涙ぐんでいるさまを思わせた。鎧の袖は紅に染まっていて、涙の露で濡れていた。たちまち、三五郎は発

*1——若い年ごろ。
*2——少し長じた童子。八歳または十五歳以上の子供。
*3——中国の戦国時代、魏の王のお気に入りの臣下。『戦国策』による。
*4——前漢の哀帝に寵愛された人物。『漢書』による。
*5——慶長四年（一五九九）。

憤し、戦場を駆けめぐった馬に鞭打ち、そこから出ていった。そして奮戦したのち、ついに討ち死にして、清家と交わしていた盟約に報いたのである。

義のない盟約はとがめるべきだけれども、これは忠をなす戦いに身をゆだねたもので、その名を称えるに値する。私はこの図と向き合って、とても感慨深い。また、当時の士風をそこに見る気がするのだ。

❖

憶《おも》えば、昔は共に眠ったものだ。君はまだ総角《あげまき》の髪のころで[*6]、私は青年であった。桃を分けあい、かつて同盟を誓う血をそそいだ。臂の上にはそのときの古い傷痕《きずあと》がいまなお輝いている。

＊6――総角は子供の髪の結い方のひとつ。ここは、そうした髪型をするような少年、またはその年ごろの意。

賤緒環跋《しずのおだまきばつ》

わが薩摩の風俗は、雄悍《ゆうかん》[*1]で武を好み、女色を近づけない。義を見れば必ず行う。敵と向かい合えば退くことはない。最近の出来事をもってこれを明らかにしてみると、夷虜《いりよ》[*2]を生麦で斬ったこと、西洋の軍艦を鹿児島湾で打ち砕いたこと[*3]、東賊[*4]を白河の関の外で破ったことは、みなその豪猛勇敢なる気質が激発したところにほかならない。復古の業[*5]もまた、

＊1――いさましく荒々しい。
＊2――外国人。
＊3――文久二年（一八六二）八月二十一日、イギリス人四名が騎馬のままで島津久光の行列に出会い、殺害された生麦事件と、その翌年、イギリス軍艦が鹿児島を砲撃した薩英戦争のことをさす。
＊4――旧幕府軍。

そうした薩摩の気質を頼りとしてなし遂げられたのである。

これには、どうして由来するところがないことがあろうか。

この『賤緒環《しずのおだまき》』一巻は、吉田清家と平田宗次という二士のことを載せていて、よくできている。雨の激しいある夜、灯火で照らしながら、私はこれを手にとって読んだ。そして、ため息が出るほど身にしみて感歎した。喜びあり、悲しみあり、当時の、人の後についてゆく喜びや人と訣別するときの恨みが、はっきりと目に見えるようである。

おそらく、この二士のことは、不変の道理をもってしては論じることができないだろうが、この話は情に始まり、義に終わる。そして、真の心にあふれ、義烈に貫かれている。百年の後にこの話を聞く者でも、わきあがる感興を抑えることができないであろう。ああ、彼らは義を好んで、女色を遠ざけ、臣下としての務めに力を尽くし、斃《たお》れて後に果てたのであった。この書から得るものは少なくない。

さきごろ、茨城県人多羅尾《たらお》某《なにがし》が、これを上梓して同好の士に分かち配ろうとして、友人である樗木氏を介して、私に一文を寄せるよう請《こ》うてきた。

さて、鎮西[*6]にある山は寄り集まって次々と重なっていて、伏した様子は城のごとく、起きあがった様子は剣のようである。薩摩はその東南にあって、山は大きな険しい岩山、海は広く雄大である。天地にはすぐれて霊妙な気が集まっている。二士のすぐれた魂魄がさまよい、楽しみやすんでいるところである。この書を読む世の人々は、遠望して仮想してみるとよい。また、薩摩の風俗の由来するところについて考えてみるとよい。そうすれば、まさに感慨が発起して、それを抑えることができなくなることであろう。

私はもとよりこの二士を慕っている。よってこのことを記して返すことにする。

明治十七年〔一八八四〕四月

蜻蜓州西尽処狂士[7]　識《しる》す

＊5――明治維新による王政復古のこと。
＊6――九州のこと。
＊7――日本の西の果て、鹿児島という意。この跋を書いたのは鹿児島の人と考えられる。

訳者あとがき

『賎のおだまき』を現代語訳の形で刊行したいので協力してほしいという依頼を、笠間千浪氏から受け、二〇一六年四月からそれに取り組んできた。この企画のねらいや本書の位置づけについては笠間氏が解説のなかで詳述しているので、ここでくり返したり、余計な私見を差し挟んだりすることは控えたい。

私は、日本の中世文学、とりわけ『平家物語』などの軍記物語、歴史叙述の研究を専門としており、またいっぽうで、中世から近代に続く島津家・薩摩藩の文化・文事についての研究を大切なテーマのひとつともしてきた。そうした関係で、『賎のおだまき』という特徴的な物語が存在していることや、近世後期から明治期にかけて、薩摩藩とその土壌を受け継いだ鹿児島、そして東京などでそれがどのように読み継がれてきたのかについて、多少の予備知識は持っていたが、これまでこの物語自体を研究対象としたことはない。そのため、この作品の特質についての理解の浅さは否定しえず、こうした企画で現代語訳を担当する者として、私が適任であったのかと、今でも自問せざるをえない。ただ、ここ数年のあいだ続けてきた鹿児島県内各地や宮崎県都城市などでの資料調査に際して、いつも快く接していただいてきた身として、かつて薩摩藩内で育まれ、やがて全国へと発信されていった歴史を背負うこの物語を、読みやすい形で今の世に提供しなおすことで、わずかでも感謝の意をあらわすことができればと考え、恐る恐る筆を進めるうちに、何とか今日に至ったというのが実感である。

現代語訳に際して、まずは現存する伝本を収集することから始めた。本書には、明治期以降の活字本はもとより、近世末の写本も複数存在している。そして、それぞれに少し異なる本文をもっている。そうした違いを一々に確認していく基礎作業の過程で、従来あまり注目されていなかった写本の存在に気づくという機会もあった。本来なら、そうした本文をもとに校訂本文を作成し、それを現代語訳すべきところではあるが、編集会議のなかで、今回は明治十七年（一八八四）に初めて活字本として出版されたときの世界を提供するという方針で企画を進めることとなったため、他諸本については、可能なかぎり収集したものの、あくまでも参考程度に参照したにとどまることをお断りしておきたい。そのぶん、明治十七年版で新たに付加されることとなった序文や附録、跋についても、その概略を紹介することができたわけである。

この物語の面白さは、読者各位がそれぞれに発見していただければと思う。個人的な関心を少しく記すことをお許しいただけるならば、物語の内容としては、武士の忠孝と義というこの物語の主題が、戦後七十年を越えた今の世にどのように響くのか、また細かな要素としては、文中で本書自体のことを「この巻」（原文「此巻」）と呼んでいること（本書一二〇頁）や、巻末の「附録」は何らかの「図」を眼前にして記した（本書一二四頁。原文には「対《シテ》二此《ノ》図《ニ》一」とある）という体裁をとる（すなわち、この物語を描いた絵とともに読むという享受のさまが示唆されている。一〇一頁も参照）こと、また、「跋」によれば、明治十七年における本書刊行は、茨城県人多羅尾某（本書一二六頁。「序」を記した四方子にあたるか）を中心とした人脈でなされたかと思われることなどに、とくに興味をいだいた。

現代語訳を終えて、やはりあらためて述べておきたいのは、この物語をいつか原文でも読んでいただきたいということである。古典の文章には、現代語では表現しきれない技巧や響き、味わいがある。作中に表現された世界は、この現代語訳だけでは理解できないことを、あえて申し添えておきたい。幸い、たとえば、国立国会図書館が公開しているデジタルコレクションによれば、明治期に刊行された本書の原文を誰でも読むことができる。

調査と現代語訳作成の過程では、本当に多くの方々のご助力を賜った。とくに、鹿児島県歴史資料センター黎明館の内倉昭文氏と新福大健氏、曽於市教育委員会の加塩英樹氏、そして鹿児島大学名誉教授の伊牟田經久氏には、ひとかたならぬご協力とご助言を頂戴した。末筆ながら、心より御礼申し上げる。また、全体を俯瞰し、ていねいに調整と編集を進めてくださった平凡社の竹内涼子氏への感謝の意も申し添えさせていただきたい。

二〇一七年二月

鈴木　彰

「西薩婦女」考――『賎のおだまき』解説

笠間千浪

『賤のおだまき』[*1]は、作者および成立時期ともに不明とされてきた謎の多い作品である。本書は初の現代語訳出版となる。

一般的に「しずのおだまき」といえば、白拍子である静御前の「しづやしづ　賤のをだまき　繰り返し　昔を今に　なすよしもがな」[*2]（静や静よと繰り返し私の名前を呼んでくださったあの昔のように懐かしい義経様のときめく世に今一度したいものよ）の歌を思い浮かべるだろう。

源頼朝に疎まれた義経と都落ちの逃避行に最後まで一緒にいた静御前は、吉野の山中で生き別れてしまう。その後、頼朝とその妻である北条政子に鎌倉に呼び戻され、八幡宮の舞台で舞うことを命じられるが、頼朝の前で義経を偲ぶ意味にもとれる歌をあえて披露するという静御前の大胆さが緊張をよぶ場面である。

一方、漢字表記が異なる同題名の『倭文麻環《しずのおだまき》』というフォーマルな説話集が鹿児島にはある。その書物は、薩摩の国学者である白尾国柱《くにはしら》（一七六二―一八二一）が薩摩藩主の命を受けて、主に鹿児島に関連する歴史、伝承、民俗など六〇の話を選定し、挿絵とともに一二巻にまとめて文化九年（一八一二）に献上したというものである。

さらに鹿児島以外でも同名の書物があるが、[*3]これにはわけがある。「しずのおだまき」が和歌の修辞法の一つで、「いやしき」や「くり返し」の語句を引き出す序詞だからである。『古今和歌集』や『伊勢物語』で広く知られている古歌に使われていたので、本歌取り的な表現として度々使われてきた経緯がある。[*4]

語句的な意味としては、「倭文《しず》」が「古代の織物でカジノキや麻の横糸を青や赤に染めて乱れ縞模様に織り出したもの」をさし、「賤《しず》」は「①卑しいこと、身分の低い者。②一人称代名詞。自分を謙遜していう語」であり、これらの意味を複合的に掛けて使用されることもある。[*5]「おだまき」は、倭文の布を織るのに用いるつむぎ糸を巻いてある円形のくるくる回る「糸巻き」のことをさす。

これらのことから、本作の題名に込められた意味を推察すれば、最後の歌（本書一二〇頁）にあるように、くり返し読んで欲しい、ということに加え、やはり「おだまき＝糸巻き」をくるくると逆に回して昔に戻りたいという懐古の情が強くでていると思われる。江戸期に流布した没落英雄譚である『義経記』の影響は無視できず、その意味で広く知られていた静御前の歌をふまえているとみなすこともできよう。

さて、本作は謎も多いとはいえ、とくに明治期には鹿児島を超えてさまざまな場面で影響を及ぼした重要な作品《テクスト》でもある。

今では国立国会図書館のデジタルコレクションにて原文を読むことはできるが、現代のわれわれにとってやはり読みにくいことはいなめない。今回、初の現代語訳を刊行することで、さまざまな形で愛読されてきた本作品の魅力を堪能していただくとともに、これを機に新たな研究が活性化されることを期待したい。

平田三五郎伝承

本作『賤のおだまき』は、（書き手の現在より過去の物語として書かれている）歴史小説のかたちをとっている。

歴史的な背景として、慶長元年（一五九六）から慶長四年（一五九九）にかけての時期が選ばれており、主に二つの戦乱が重要な背景となっている。一つめは「慶長の役」[*6]（一五九七）で、二つめが「庄内の乱」である。

本書の主人公の若衆平田《ひらた》三五郎《さんごろう》（宗次《むねつぐ》）は実在の人物であり、「庄内の乱（合戦）」における財部口での激戦にて戦死したことがいくつかの史料に記されている。もう一人の登場人物である薩摩藩士吉田《よしだ》大蔵《おおくら》（清家《きよいえ》）も同様に実在人物であるが、同じ合戦で戦死説と重症説があって一定していない。

慶長四年から翌年にかけての「庄内の乱」とは、島津氏における最大の内乱ともいわれ、島津忠恒《ただつね》（後の島津家第一八代当主で初代薩摩藩主の家久《いえひさ》）が京都伏見の屋敷で島津家重臣の伊集院幸侃《こうかん》（忠棟《ただむね》）を手討ちにしたことを直接の原因とする伊集院氏との争乱である。*7 石田三成は幸侃の死を知り、激怒した。その怒りを受け、忠恒は寺に入り謹慎し、島津義久が三成に謝罪した。

他方、父を殺された伊集院忠真《ただざね》は庄内に立てこもり、島津氏に反旗を翻すことになった。しかし、当時五大老の一人だった徳川家康は島津氏に好意的で忠恒の謹慎をとき、さらに九州の諸大名に島津氏の援助まで命じている。伊集院氏は庄内各地の城をかためて抵抗し、戦況は膠着した。家康が家臣である山口直友を薩摩に行かせて調停にのりだしたが、忠真はなかなか降伏しなかった。だが、ついに居城である都城を攻められ、島津方に引き渡す。家康の調停を考慮して忠恒は忠真を赦し、薩摩半島南部（頴娃《えい》）に移した。*8

その合戦をまとめた一連の軍記物が存在する。『日州庄内軍記』によれば実際の合戦から七七年後の延宝四年（一六七六）になって聞き書きや語り伝え、武勇談などを材料に『庄内軍記』がようやくまとめられ始めたという。その契機となったのは、時の経過ゆえに合戦の経緯が不明瞭になったため、記録する必要が出てきたからだという。内容的には島津方の観点で書かれ、「叛逆者の追討軍記」となっている。[*9]

その一連の軍記物諸本のうち二巻本『庄内軍記』（一七世紀末ごろ）に初めて平田三五郎と吉田大蔵の二人の関係が描かれた。「平田三五郎戦死之事」という見出しにおいて、二人の従軍から戦死に的を絞って記述されており、三五郎については、「秋ノ月雲間ヲ出ル風情ヨリ猶アテヤカニ麗シク容色無双の小人《少年》ナリ」と描写され、その美少年ぶりが称えられている。また、二人の関係も「共ニ故郷ヲ出シヨリ片時モ側ヲ相去ラス」と相思相愛ぶりが表現されている。合戦に赴く途中にある「辻堂」の柱に二人の名前を書きつける場面などがあり、『賎のおだまき』のあらすじと一致している。

その後、江戸後期に編纂された『三国名勝図絵』（薩摩、大隅、日向の南九州三国に関する地理誌。天保一四年（一八四三））第三五巻においても、「門倉薬師堂」（本作では米山薬師堂）に三五郎が自詠の和歌を一番高い場所に書き記したことが記載されている。また、吉田大蔵が先に戦死したさいに三五郎は号泣し、「我生死を共にせん」と敵陣にむかって行って討ち死にしたことに、「人はみな無官大夫敦盛の戦死を思い合わせて悲涙を催す」と記さ

山田美妙『新体詞華　少年姿』（香雲書屋、1886、国会図書館蔵）より。（右上から時計回りに）平田三五郎、上田俊一郎、森蘭丸、吉田梅若丸、大川数馬、鳥屋福寿丸、白菊丸

れている。この記述から、三五郎の形象は若くして戦死した平敦盛のそれと重ねて構築されてきたことがわかる。

なお、庄内合戦に関する軍記物には、他にもさまざまな若衆物語が存在する。[*10] 平田三五郎を主人公とする内容のものに、江戸末期に中村四郎太作といわれる『薩摩琵琶　形見の桜』がある。この語り物は庄内合戦を三段に仕立てたもので、第二段までが三五郎と吉田大蔵の物語となっている。[*11]

このように、平田三五郎にまつわる逸話は連綿と伝えられ、さまざまな作品を生み出してきた。『賤のおだまき』も、そうした物語のながれの一つである。「無双の美少年」と、念者（義兄）を追うように戦死する若衆というストーリーは衆道物語の王道でもあろう。歴史小説形式で書かれている『賤のおだまき』の三五郎は、戦国期終末における武士的な若衆表象へのオマージュとでもいえようか。明治期になると森蘭丸などと共に記憶され、山田美妙による若衆アンソロジーともいうべき『新体詞華　少年姿《わかしゅすがた》』（明治一九年、一八八六）の冒頭を飾ることになるのである。

いわば鹿児島の「地域限定」的な若衆表象であった三五郎が全国区的な認知を得たことになるが、それには明治期の翻刻ブームが影響していた。

活版本『賤のおだまき』の書誌的考察と底本

明治一五年（一八八二）から一六年頃にかけて、出版界で戯作の活版による翻刻ブームがあったことを指摘するのは前田愛である。この時期は木版印刷の近世型書肆に代わって活版印刷による書籍の大量生産が可能になり、資本主義化した近代的な出版業者が登場する過渡期にあたる。だが、この時期に木版印刷よりも経費が安く、しかも短期間で完成する活版印刷の優位はほぼ確定していたようである。[*12] 長らく書写で読み継がれてきた『賤のおだまき』が活版本化されたのはこうした背景がある。
前田は『賤のおだまき』活版本の書誌的調査も行っており、その論文（1970=1989）で三種の版本をあげている。

A版（家蔵）黄表紙和装本（内題）「賤のおたまき」（題簽なし）
・序（明治一七年三月）、跋（明治一七年四月）
・「古拙な味わい」な挿絵
・「もっとも原型に近いと思われる」
・大正五年二月に文教社から復刻版
・清朝体活字

B版（家蔵）黄表紙和装本「賤のおたまき　完」
・序、跋、挿絵なし
・「誤植が多い」
・明朝体活字

底本における「古拙な味わい」の挿絵。
A版の復刻版と思われる
(文教社、大正五年、筆者所蔵）より

C版（国会図書館蔵、図書番号913.6/Si578）紙表紙洋装本（表紙）「賤のおたまき」
・明治二〇年八月出版。東京精文堂。（翻刻人）高橋平三郎
・序、跋なし
・挿絵は「明治の木版画風」
・明朝体活字

前田によれば、もっとも原型（写本）に近いと考えられるのはA版であるが、各版における本文そのものの異同は少ないという。ただし、序文と跋文があるのはA版だけで、これ以前の日付のものは見当たらない。結局、書写による写本として流通してきた『賤のおだまき』が、初めて活字になったのは明治一七年（一八八四）四月頃か。[*13] これに加えて、自由党の小新聞であった『自由燈《じゆうのともしび》』にも同年七月から八月にかけて連載された。前述したように、この時期に若衆三五郎が全国的に知られるようになったと思われる。[*14]

現在、[*15] 国立国会図書館には合計七冊の『賤のおだまき』が所蔵されており、そのうち四冊がインターネット公開となっている。底本としたのは、国会図書館所蔵である亀田文庫[*16]

のうちの一冊であり、おそらく前田のいう家蔵A版に相当すると思われる黄表紙和装本であるが、これはネット公開されていない。[17]

しかし、一九七〇年初出の前田論文がなぜこの底本に言及していないのかについては謎である。なぜならば、底本にした活版本には昭和二六年（一九五一）の搬入印があるからである。[18]

なお、今回の現代語訳にあたり、挿絵に関しては「古拙な味わい」タイプではなく、物語の雰囲気がより伝わるものとして「明治の木版画風」挿絵を採用した。[19]

明治期における受容——明治一〇年代における「徴候」

『賤のおだまき』は明治期の著作でよく言及されている。そのなかで代表的な作品である森鷗外の『キタ・セクスアリス』（明治四二年、一九〇九）は、明治初期の書生風俗を描写していることで有名な作品であり、しかも自伝的要素が強い。そのため主人公金井の生年を鷗外の生年（一八六二年）に読みかえて基点にすると、それぞれのエピソードの時期についてだいたいの見当がつく。

『賤のおだまき』が『キタ・セクスアリス』に登場するのは、主人公が一二歳[20]で東京英語学校に入学した明治七年（一八七四）なので、活版本になる以前の写本時代ということになる。

寄宿舎で生活することになった金井少年は最初から警戒して護身用の短刀を懐に隠し持っていた。というのも、金井少年は一〇歳の時に入学した本郷の独逸語私立学校の寄宿舎に住む先輩書生から「君、一寸だからこの中に這入って一しょに寝給え」と誘われ、それを拒絶すると、「布団蒸し」にされてしまった経験があるからである。しかもそのことを父親に話すと驚きもせず、「そんな奴がおる。これからは気を附けんと行かん」と注意されてもいたからである。

金井少年をとりまく書生たちは、男色を標榜する硬派と女色の軟派に分れていた。人数的には圧倒的に軟派が優勢で、硬派には九州出身者が多い。軟派の方が多いとはいえ、「硬派たるが書生の本色」とされていて軟派はうしろめたさを感じていた。「紺足袋小倉袴」というのが硬派の服装だったが、軟派もそれを真似ていたのはそのことを反映していたらしい。ただ、軟派は硬派のように「袖を肩までまくったり、肩をいからせて」いることは少なく、外出には「白足袋」をはくことも多かった。そして軟派は「可笑しな画」（＝春画）を見たり、吉原などの悪所に行く。

硬派は可笑しな画なんぞは見ない。平田三五郎という少年の事を書いた写本があって、それを引張り合って読むのである。鹿児島の塾なんぞでは、これが毎年元旦に第一に読む本になっているということである。三五郎という前髪と、その兄分の鉢鬢奴との間のことの歴史であって、嫉妬がある。鞘当がある。末段には二人が相踵いで戦死することになっていたかと思う。これにも挿画があるが、左程見苦しい処はかいていないのである。（『ヰタ・セクスアリス』）

また、坪内逍遥の『当世書生気質』（明治一八年、一八八五）における登場人物の桐山は「龍陽（男色）主義」を信奉する硬派書生である。その桐山の本棚には『三五郎物語《しずのおだまき》』があり、他の本より明らかによく読まれているらしく表紙が擦れてしまっているとの描写がある。桐山が「なぜ男色が女色より優れているのか」について友人に説明する場面があるが、それは「女と付き合うとその軟弱性までうつる」からだという。男色の方が「智力」を交換でき、「大志」も互いに養成できると力説する桐山の主張にはあからさまな女性嫌悪が表明されている。

似たような主張をする書生が登場するのは、内田魯庵の滑稽小説『社会百面相』（明治三五年、一九〇二）である。

「俺は、男色宗だ。男色は陣中の徒然を慰める戦国の遺風で、士風を振興し国家の元気を養ふ道だ。少くも女色に耽るもの丶柔弱を救ふに足る。賎の小田巻を読んで見い。今の柔弱な恋愛小説と違って雄心勃々として禁ずる能はずだ。」

明治一〇年代に青少年時代をすごした明治の文芸評論家である田岡嶺雲《れいうん》も『賎の小田巻』に魅せられたことを自伝『数奇伝』で書いている。そこで田岡は『賎のおだまき』を「武士道をもって潤色せる男色道の一経典」と評する。少年時代の出身地土佐国では「少《ちいさ》い時から厳重な男女間の制裁が印銘せられて、女子は汚らわしい者、女子との交際は男子を懦弱《だじやく》にするもの、女子に媚《こ》ぶるは男子の恥辱であるというような思想が深く浸《し》み込んでいた」という。士族であるという自負も影響して異性から遠ざかっていたと回顧している。

同性の愛はこれを異性の恋に比すれば、柔婉《じゆうえん》の分子が少なく峻烈《しゆんれつ》な分子が多い、譬《たと》えば雛の節句の白酒と生一本《きいっぽん》の灘《なだ》の銘酒との如き差別がある。異性の恋において男は沈溺《ちんでき》を免れぬ、同性の恋においてはむしろ義の砥礪《しれい》がある。（『数奇伝』）

総じて明治期の硬派書生たちは男色を語りながら、自らの男性性《男らしさ》を称揚するとともに、それが女性蔑視と表裏一体であることをまったく隠さない。[*21]

とはいえ、当時、男性同士の性愛関係が許容されていたわけではない。少なくとも明治期の著作でみるかぎり、むしろ男性同士の性愛と精神的な絆を区別しようとする傾向がみられる。『賤のおだまき』の人気のピークは明治一〇年代（一八七七―八六）とされ、それ以降はしだいに過去の風俗として回顧されることが多くなる。その理由は明治二〇年頃の日本社会における近代的な認識枠組みへの地殻変動にあると考えられるが、その徴候はすでに明治一〇年代から認められる。

ひとつは、「男色は自然に反する」という見解の表明である。[*22] 自由民権運動における自由党の小新聞『自由燈』に『賤のおだまき』が連載されるさいに「在東京　同窓学友連」の署名で断り書きが掲載された。そのなかで「男色の事は造化自然に悖戻《はいれい》したる（もとる）行事」と批判し、一方「文武を奨励し力を国家に尽す」点が賞賛されている。あるいは、

『数奇伝』においても、「同性間の愛はこれを行動として形に現した時、もとより法律上に禁ぜられた悖自然の所為である」と記述することを忘れてはいない。[*23]『当世書生気質』における龍陽主義の桐山も友人に「男色はアン・ナチュラルではないか」と問われ、「男色を実行すれば不自然で不道徳だが理論上ならば破廉恥ではない」と答えるのである。

「男色は不自然なので（性愛を排除した）男同士の連帯に価値をおく」とすることは同性愛嫌悪《ホモフォビア》がビルトインされた近代的なホモソーシャリティ《男同士の絆》体制の枠組みのなかにある。そうした表明が『自由燈』に掲載されたことや民権家の植木枝盛の『閲読書日記』に『賤のおだまき』が記載されていることなどをみれば、自由民権運動に参加した男性（民権志士）たちのなかでホモソーシャリティが構築されつつあったとみなすことはさほど困難ではないと思われる。前田愛も『賤のおだまき』が明治一〇年代の書生社会に流行した原因を「立身出世の夢を抱きつつ都会にあつまった青年たちに結ばれた友情の理想図」だと指摘している。それが近代的なホモソーシャリティをさすことは間違いないだろう。

ふたつめは、近代的なホモソーシャリティのもう一方の土台である女性嫌悪で、同じ明治一〇年代に流行した「毒婦もの」小説という、いわゆる「宿命の女《ファム・ファタル》」（男を性的魅力で破滅させると考えられた女性像）ジャンルの形成である。このジャンルは主に女性犯罪者を主人公として事件の顚末を物語るもので、仮名垣魯文の『高橋阿伝夜刃譚《たかはしおでんやしやものがたり》』に代表される「毒婦もの」にはいまだ近世的な女賊のイメージが濃厚であった。だが同時に、「情欲」（まだ「性欲」という言葉はなかった）という言葉で「毒婦」の身体に起因する欲望を語っているという点で近代医学的権力のまなざしが働いていると朝倉喬司は指摘している。*24

もっともこうした明治一〇年代における近代の「徴候」は過渡期的あるいはごく萌芽的であったことは認めなければならない。近代的な性愛の認識枠組みの第一波は一九〇〇年（明治三三年）前後で、より大衆化した第二波は一九二〇年代（大正九年〜昭和四年）であろうと考えられるからである。*25 だが、認識的な枠組みの地殻変動の徴候がかいま見えていた明治一〇年代に『賤のおだまき』というテクストが重要な位置を占めていたことはたしかである。

「義談艶話」『賤のおだまき』物語の特色――念友関係における精神的絆

『賤のおだまき』のあらすじは、現代風に言えば以下のように要約できる。粗野な男たちにレイプされそうになった美少年が馬に乗った青年に救われて以来、二人は相思相愛の仲になる。途中で相手の誠実さを疑う悶着があるとはいえ、二人の仲は堅く揺るがないものだとわかる。だが、やがて戦に赴かなければならない歴史的運命が二人を襲い、戦でついに最愛の人を失った三五郎は後を追うように敵にむかっていく……。

もっとも三五郎は単なる美少年ではなく、島津氏執権の家柄の嫡男であって、同時に吉田大蔵も過去には主君島津貴久の寵童であったという特別な二人の義兄弟物語となっている。

まず指摘したいのは、三五郎の描き方に特徴があることである。『賤のおだまき』の三五郎は精神的な気高さや強さが強調されるものの、姿かたちだけでなく、身のこなし方も可憐で幼さをきわだたせるような描写が目立つ。たとえば、襲われるシーンは武術の稽古ではなく、「小鳥狩り」の帰り道という設定である。また、荒くれ者たちに立ち向かうことができずに、なすすべもなく涙ぐむ。「白馬の王子さま」のごとく馬に乗った吉田大蔵が助けに来たとき、三五郎は涙を浮かべながら大蔵の袂にすがりつくという幼さが表現されている。

同じ三五郎でも『薩摩琵琶　形見の桜』の場合、襲われそうになるシーンでは一人で数人の敵を槍でなぎ倒すのであり、『賤のおだまき』との対照が著しい。

そのせいだろうか、これまで作品の評価としては『賤のおだまき』は「感傷的な美文」

で「歯の浮くような恋歌」があり、「(作品自体は)まともに論ずるに足る作品とはいいにくい」(前田)とされたり、「「君思ふ枕の下の涙川」なんて甘ったるい文章の男色小説」(笹川臨風『明治還魂紙《すきがえし》』)とあまり芳しくない。鹿児島出自の白洲正子[*26]にいたっては、「文章はけっして上手とはいえない。――少年の美貌を語ろうとしても――百人一首を引き合いにしなければ表現できないという未熟さだ。――大事なところではきまって七五調に逃げるので、興をそがれること甚だしい」と手厳しい。

物語の最後のほうで説教的に忠孝なき男色を諫める部分があるが、あくまでも『賤のおだまき』は「戦場の死によって完結する少年愛の美学」を描いたものとするのは前田である。三五郎物語を跡付けた橋口晋作も、その特徴を「少人道(少年愛)を中心にしたもの」としている。

ここで日本の男色史を概観する余裕もないが、一言に男色といっても歴史的な変遷も含めて三つの主要なかたちがあった。

①僧侶と稚児(寺小姓)
②大名などの主君と寵童

③武士間における念友（義兄弟[27]）

とりわけ③は、中世末期の戦国時代から江戸初期にかけて流行したといわれる。ある説明によれば、近世初期において男色を体制に順応させるうえで「若衆道」や「衆道」と唱え、その心得を説く一連の仮名草子が出版されたといい[28]、ちょうど井原西鶴の『男色大鑑』（貞享四年、一六八七）が出版された頃はまだ廃れていなかったとみられる[29]。そのことを反映してか、『男色大鑑』の前半部ではほぼ武家社会の念友関係があつかわれている[30]。そこで描かれているのは、義理や意気地、面目に彩られた武士同士の精神的な純愛で、あらゆるものを犠牲にするほどの強い意志が描かれている。あるいは、山本常朝『葉隠《はがくれ》』（享保元年、一七一六）のような奉公としての武士道を論ずる書物においても、売色（陰間）と対蹠的に衆道の純粋性や精神性の優位が強調されている[31]。

さて、この③の関係では①と②にない特色があることに注目したい。前者二つは主従関係でいわば「タテ関係」であるのに対して、③の念友関係だけが年齢差（兄分と弟分）があるにせよ、朋輩同士の「ヨコ関係」であるということである。氏家幹人（1995）は、こうした「義兄弟の契り」の関係が主君や家といった公式体制の承認なしにヨコに結びつく点で、「徒党行為」に等しいとみなされた可能性を指摘している。たしかに喧嘩や殺傷事件の原因になることも多く、念友関係は幕府や藩から危険視され、しばしば取り締まりの対象になってきた。

このヨコの関係と関連しているのが、薩摩藩の文脈でいえば、独自の郷中教育における兵児二才《へこにせ》という地域的な年齢階梯組織（若者組）であろう。農村に居住していた武士層も含めて、（男子）子弟間による相互教育であった郷中教育は、地方における兵農未分離という薩摩藩の特殊性とも関連している。[*32] 地域によって多少の差異はあるが、小稚児《こ》（六、七歳から一〇歳）、長稚児《おせ》（一一歳から一四、五歳）、二才（一五、六歳から二四、五歳）と年齢的に区分されていたという。小稚児の教育は長稚児が担当し、長稚児の教育は二才頭が責任を持ち、二才同士は互いに鍛錬しあう仲間であった。『賤のおだまき』では、吉田大蔵が二才頭に相当するのだろう。二人がそろって戦場に赴くころには両者とも二才同士ということになる。

「ヨコ関係」の朋輩同士である念友関係にことさら精神性が重視されたことは、日本の親密関係史において特記すべきことかもしれない。[*33] 柳父章が指摘したように、日本において「恋愛」という翻訳語が成立する以前は、「恋」「愛」「情」「色」といった言葉で親密関係が表現されていた。とくに男女間では巌本善治が明治二三年（一八九〇）に「日本の男子が女性に恋愛するはホンノ皮肉の外にて、深く魂（ソウル）より愛するなどの事なく」と書いたように、精神性は男女間親密関係の軸になっていなかった。[*34] もちろん、これには根強い女性嫌悪が表裏一体となっていたからである。

たしかに近世の念友関係には、さまざまな「心中立て」（心の誠を表し、誓うこと）や年齢区分による関係（もちろん男性同士であることも）など、近代的な恋愛関係との類似はないようにみえる。[*35]

だが、特定の相手との精神的な絆を重視するあり方や、一七世紀における衆道物語の題名に『心友記』（寛永二〇年、一六四三）とあるのをみれば、現在のわれわれからみると「心友」の意味する内容が「魂の友《ソウルメイト》」のそれとある程度は重なってみえたとしても不思議ではないだろう。

「西薩婦女」考

本作の作者について他の活版本の奥付には「不詳」とある。だが、本書が底本とした版の四方子による序文（原文は漢文）において、「此書西薩婦女の手より出づと聞く。嗚呼紡織之余を以て事此に及ぶ。薩の人を導くに素有りまた以て想ふべし」とあり、この作品が

「西薩婦女」、つまり「西薩」女性の手になるとしている（本書一二頁）。

作者が女性である可能性については、主に二つの見解があるだろう。ひとつは「否定派」で、序文における部分は薩摩という地元を礼賛するための単なるレトリックとみなすような見方である。

もう一方は「肯定派」で、主に文芸評論分野の一部でいわば当然のように受容されているようである。すでに述べてきたように、前田愛「『賤のおだまき』考」がこの序文の部分を引用しており、[*36]これを根拠として「女性作者」説が広まったようだ。

だが、実は序文の「西薩婦女」の箇所を最初に紹介したのは前田論文ではなく、岩田準一[*37]（一九〇〇―四五）が編者となった『男色文献書志』（昭和一九年、一九四四）だと思われる。

それにしても、この四方子による序文は違和を感じさせるものである。まず、男色物語が女性の手になるという情報は、女性嫌悪が濃厚な時代の「武士的価値観を称揚する衆道物語は男性が書いてこそ正統なもの」という前提を崩し、その作品の「正統性」を損なうであろう。それなのに、なぜあえて記されたのだろうか。

もしかしたら、「女性の手による」ということは単に写本を「書写」したということなのだろうか。しかし、そのあとですぐに「嗚呼」という感嘆詞を使用しているところをみれば、単に写本を複製したということでなく「創作した」とみなしたほうが自然である。[38]

さらに、「紡織《ぼうしょく》の仕事の合間に書いた」という情報が妙に具体的である。序文には伝聞としてそれらの情報が記述されているが、著者を知る人から（四方子が）直に情報を得たのかもしれない。[39]

これら序文の情報や作品から浮かび上がってくる書き手像は、以下のようになろうか。

第一に、リテラシー（読み書き能力を基礎とした教養）の高さがあげられる。この作品の拙さに関しては何人かの識者たちが指摘しているとはいえ、当然のことながら郷土の歴史についての知識や文学的教養がないと作品としてまとめられないだろう。作中の登場人物が武士身分であるから当然だが、武士的な価値観に詳しいということもあげられる。

第二に、リテラシーのあることから、すなわち武士[40]（郷士を含む）、学者や医師などの知識人層に属していた可能性が高い。あるいは財力でリテラシーを育む余裕があった豪農や豪商も考えられる。

第三に、紡織（紡績つまり原料から糸を紡ぐことと、織物を織ることの総称）の仕事をしていた「西薩」の女性ということである。周知のように鹿児島では「西薩」という地理的呼称はない。だが九州は、その東側に位置する地方からみれば西にある。[41] したがってそれは薩摩の女性を指すことになるだろう。

ここでは本作の作者女性説について、最初から否定や肯定のどちらかの立場をとるのではなく、こうした情報をもとにしばし可能な限り推察してみたい。「紡織の仕事の合間に書く」という女性の存在はありえるのだろうか。鹿児島（薩摩）と紡織という仕事と女性を関連させると、いくつかの時代的画期が存在する。

鹿児島紡績所と女工

日本における近代的機械制工場労働の主役は女性であったことはよく知られている。絹糸業では明治五年（一八七二）開業の官営富岡製糸場が有名であるが、綿紡績業においては、それ以前の幕末の慶応三年（一八六七）に日本で最初に設立された機械式の鹿児島紡績所があった。[*42]

女工に関する「寄宿舎に収容された悲惨な労働条件で健康状態も最悪」というイメージは、明治三二年（一八九九）の横山源之助『日本之下層社会』など、とくに明治末期の工場法案をめぐる攻防のなかで強調され始め、細井和喜蔵の『女工哀史』（大正一四年、一九二五）で決定的になった経緯がある。

しかし、『女工哀史』のなかで細井は、女工募集方法の変遷はおおまかに三期に分けられるとし、第一期（明治前期から中期）を「無募集時代」としている。[*43] その時代は、工場勤めが出世であるかのように聞こえた時代だというのである。また、第一期以前にさかのぼって、初の近代的機械式紡績所である鹿児島紡績所の場合、職工になることができたのは武士層の娘と息子たちであったとも指摘している。当時の人々は紡績所勤めの職工たちを先端的な仕事についている一種のエリートとしてみなしていたという。[*44]

鹿児島紡績所に創業当初から勤めていた元工女によれば、当時の職工は希望者が多くてなかなか採用されなかったことや、かれらは主に市内から通勤し、男女半々くらいであったという。[*45] 当時の職工は男女二〇〇名くらいで、一日平均の就業時間は一〇時間とされていた。[*46] 千本暁子によれば、幕末から明治二〇年代初頭にかけて設立された小規模紡績所のほとんどはその土地の困窮士族の子女ですべて通勤工であったという。[*47]

このような時期に「紡績工場に通勤しながら仕事の合間に物語を書く困窮武士（士族）層の女子」がいてもおかしくはないだろう。だが、『賤のおだまき』に関しては、この推測は当てが外れることとなる。なぜならば、『賤のおだまき』を習字の練習用に書写した現物が鹿児島紡績所設立以前の日付で存在するからである。[*48]

中村紡績所と田上水車館

薩摩における紡績所の歴史を遡ってみると、鹿児島紡績所以前から紡績事業は藩主の島津斉彬《なりあきら》によって始められている。斉彬は幕末期に近代科学技術の輸入に取り組み、その殖産興業の一環として紡績事業にも取り組んだ。[*49] 当時の日本では外国産の綿糸が大量に輸入されて財貨の流出が激しく、また薩摩では船舶用の帆布を大坂から購入する費用が莫大になっており、独自に綿紡績業を興すことが求められていたのである。

安政二年（一八五五）以降に綿花の耕作が始められ、それを原料に手織り木綿の製造が開始された。木造平屋三棟を建て、農家の子女に手繰車で綿糸を引かせて製造したのが中村紡績所である。

その後、長崎の商人からイギリス製の力織機を買い入れた斉彬は、安政四年（一八五七）、鹿児島中心部からすると西部に位置する田上村に水力利用の機械紡績工場を設立した。その工場は木造平屋の板張り作業場が二棟あり、斉彬が工夫を加えたとされる機織《はた》り機械が四台ほど設置されていた。

織糸は主に農家の女子に手繰車を使ってつくらせ、工場の職工の多くは男子であったと伝わる。しかし、『斉彬公行状記』によれば、「男女を雇ひ」とあり、工場に女子職工も存在したとされる。[*50] また、中村や田上村は城下町の周辺に位置する「近在二十四ヵ村」と呼ばれ、士分が居住していた地域でもあった。[*51]
なお、ちょうどこの時期に『賤のおだまき』の写本が存在したという調査結果もある。[*52]

調所広郷《ずしょひろさと》の財政改革と木綿織屋

薩摩における伝統的な綿織物は、一六世紀前半ごろに琉球絣《かすり》にならって薩摩絣が鹿児島藩領内で製織されていた。[*53] 再び『三国名勝図絵』（一九世紀中頃）によれば、桜島が良質な綿布の産地としてあげられている。[*54] 薩摩において木綿織りは主として郷士の家庭で行われていた。

藩財政の建て直しに調所広郷が改革をし始めたころには、藩内で手織り綿布はほとんどなく、多くは他国から移入されていた。そこで、調所は一八四〇年代ごろ、城下町に木綿織屋を設け、大坂から綿花を運び、藩の資金で綿布を生産した。こうした作業場には織り子とよばれる年季奉公者や通勤者が働いていたという。

以上が鹿児島における紡織の集団的労働の時代を遡った流れである。このような状況下で紡織の仕事につきながら物語を書く女性が存在したのだろうか。確証を欠くゆえに、その存在はいまだ霧の中といわざるをえない。

だが、そもそも全国的にみて、江戸期に地方の武家女性や農村女性が機織りをすることは日常的であった。[*55] 武家女性でも機織りは、家族や奉公人の着物作りに加えて、賃機《ちんばた》といって（内職）収入のためにすることもあったのである。そうなると、なにも紡績所や織屋に勤めることだけが「紡織の仕事」ということではなくなる。かなり広い範囲で女性が紡織仕事に携わっていたからである。

なお、『賤のおだまき』の成立が一九世紀前半だとする説もある。[*56] これまでみてきた紡織における集団的労働場の設立も含めると、いずれにしても幕末期の一九世紀ということになる。

つぎに視点をかえて、この時期における女性の書き手について考察してみよう。はたして男色物語を書く「西薩婦女」なる存在は考察する意義もないほど、まったくの幻想なのであろうか。

江戸期における女性表現者

平安時代には紫式部や清少納言など綺羅星のごとく有名な女性表現者が存在するにもかかわらず、江戸期においては俳人の加賀千代女など幾人かをのぞいて一般的にあまり知られてこなかった。*57

たしかに、社会的背景を考えると無理もないことだといえる。女性が表現者になりにくい社会的要因がしだいに固定化していったからである。生産力の発展や商品経済の進展につれて、武家だけでなく上層部の農民や町人といった庶民においても「家」が形成され、幕藩体制身分社会の土台となった。そのことは、農村共同体や町は男性家長によって運営され、女性の公的領域における参加が原則的に排除され、同時に家父長制に包摂されることを意味していた。

しかも江戸中期以降、親、夫、舅・姑に従順に仕えるべきだと説く『女大学』などの女子教訓書の流布や、幕府の基本法典『公事方御定書』で原則「密通した妻は死罪」と規定されるなど、規範的にも女性のあり方は著しく制限されていた。このような社会的状況において女性の文学や芸術などの表現活動があったとしても埋もれてしまう可能性が高かったといえる。

それに加えて重要なことは、研究視点という認識レベルでの問題がある。ついこの間まで「江戸期に才女を見ず」とされ、いつのまにか研究領域でも定説になっていた感がある。そうした固定観念に対抗するように、大正時代からごく少数ではあるが江戸期女性文芸の紹介が開始されてはいた。だが、やはり女性学やジェンダーの視点を取り入れた二〇世紀後半からの本格的な掘り起こしが重要であろう。[*58] その頃から歴史学や社会史などを含めてジェンダーの観点で近世社会を描き出す潮流が創出され始めたのであった。

そのような研究でしだいに明らかになったのは、江戸も後期とりわけ一九世紀になると、さすがに安定した家父長的な身分制社会にも亀裂が生じてきたということである。[*59]

一九世紀における社会秩序の揺らぎ

幕府の刑事判例集『御仕置《おしおき》例類集』[*60]や『犯科帳』[*61]などをもとにした関民子による研究によれば、そうした裁判記録にも「亀裂」は記されているという。たとえば、文化五年(一八〇八)、播磨国に住む娘「うね」は、養母に相談せずに奉公の世話を頼んだ吉兵衛と同行して旅をしているうちに「密通」(婚姻外の性的関係)してしまった。「うね」は養母の叱責を聞かずに髪を切ってしまい、家を飛び出して行方もわからなくなってしまう。だが、しばらくして密通相手から暴行を受けて事件となり居場所が発覚したという顚末である。支配側からすれば「うね」の行動は当然のごとく「気随《きずい》（わがまま）のいたし方」と判定され、「三〇日押込《おしこめ》（監禁）」の刑となった。

また同じころ、飛驒国の花里村の「しの」は長兵衛という「無宿《むしゅく》」者[*62]と一緒に家出をした。その後、「しの」は自宅に追放刑を受けている長兵衛を逗留させたかどで「過料銭五貫文」の判決を受けている。「しの」が過料刑にされているところから、経済的に自立していたことがわかるという。

きわめつけの事例は、天保三年（一八三二）に「竹次郎」を名乗っていた男装の一九歳女性「たけ」であろう。彼女は旅籠屋で年季奉公をしているうちに髪を切り、若衆姿の男装をしはじめる。主人から叱責された「たけ」は旅籠屋から脱走して、無宿者となってしまう。その後、無宿者であることを隠して転々と勤め先を変えているうちに盗みが発覚して捕らえられた。「たけ」の奉公先からの出奔や盗みはいわゆる「通常の」軽犯罪であったが、男装する「たけ」の行動に評定所が困惑している記述があるという。[*63]

以上のような判例に記載されている事例だけでなく、当時の随筆にも変化が記されていた。文化七年（一八一〇）の『飛鳥川』という随筆集には、「最近の一六、七の娘は戯言に赤面せず、むしろ男のほうが顔を赤くするような悪口を言い返す」との記述がある。また、随筆『世事見聞録』(文化一三年、一八一六)では、庶民層の若い娘たちが親の勧める結婚を拒否し、親元から逃げ出して「馴合《なれあ》ひ夫婦」(事実婚に相当)になるのが普通になってしまったと批判している。

幕府による判断もしだいに譲歩がみえてくる。ふたたび『御仕置例類集』の事例(文政一〇年、一八二七)によれば、四人の男に強姦された「かね」が復讐のために犯人の一人を斬りつけてけがをさせ、結果的に相手を死に追いやった事件があった。「かね」は結婚相手を自分で決め、親元を逃げ出して無宿者になったが、相手に頼ることはなく月ごとの奉公で生計をたてていた。幕府側は、「かね」が強姦されたことを「恥辱」と思うことは女として当然のことであり、その復讐は「余儀(他の方法)なきこと」と認めたのである。[*64]

これらの事例からもわかるように、当時すでに親元から逃げ出し、無宿者となった若い女性でも短期間の雇用で生活の自立が可能になっていた。短期奉公や機屋に雇われて織物をして給金を得たり、自営業的に物売りや賃仕事などで家計を支えることができた。貨幣経済の発達は、女性の地位や家族のあり方を内側から揺るがす一因になったのである。

リテラシー獲得の多様な回路

近世におけるリテラシー獲得の回路といえば、まず寺子屋（手習所）が思い浮かぶ。全国的にもすでに一七世紀末から一八世紀にかけて寺子屋に通う子どもたちが増加していた。子どもごとに与えられる手本が異なっていたが、男女別でも学習内容が違った。女子用には、実用的なものや女訓書が主に選択された。それでも寺子屋の入門的識字教育は、女性たちを人情本などの「絵入読本」の読者にすることを可能にした。[*65]

鹿児島では士族男子以外の庶民や女子の地位が低く「女と百姓には字を習わせるな」という風習があり、私塾や寺子屋で学ぶのはごく一部に限られていたと吉井和子らは指摘している。

しかも寺子屋そのものが鹿児島には少なかった。「日本教育史資料」によると、明治四年までに鹿児島県に存在した私塾は一校、寺子屋は一九校だった。そのうち女子が在籍していたのは三校のみで全体で女子は一四名（男子は五六九名）だったという。[*66]

しかしながら、リテラシー獲得の回路は寺子屋が唯一の道ではない。むしろ文化資本をもつ中・下級武士層や農民や町人でも上層部庶民層では、より高いリテラシーを娘につけさせることもあった。そのさい、利用されるのは親族間や知人の文人ネットワークである。

とりわけ学者・宗教者・医者などの知識人層においては、親族や友人・知人のなかに師匠クラスの人材や文人がいることが多かった。蔵書の豊富な書斎も身近にあった。そうした環境では女子に教育をほどこすことへの理解があり、江戸期の女性表現者はこの方法で教育を受けていることが多い。

たとえば、長らく男性知識人に独占されてきた漢詩文の分野でも江戸後期になると、女性漢詩人が活躍するようになる。「自述」という題目の漢詩の一行目に「三従総欠一生涯」と書いた江《え》馬細香《まさいこう》*67（一七八七—一八六一）は、大垣藩医江馬蘭斎の娘で父から詩・書・画を習い、つぎに京都の画僧から画を学んだ。一八歳の時に父は細香に婿養子を迎えようとしたが、彼女はそれを断って「結婚せずに詩や画に専念したい」と主張した。蘭斎はそれを許し、庭の茶室を書斎として細香に与えている。学者の父親が娘に書斎を与えたり、学問や芸術の才能を支援することは他にも例があった。*68

また、一八世紀頃から一九世紀にかけて全国的に文芸公共圏ともいうべき多種多様な芸事や趣味の社交ネットワークが拡大し、それらはしばしば身分や性別の境界も超えるものであった。代表的なものは俳諧のネットワークであるが、家元制度とは異なり、水平的でゆるやかな制度をもっていた。このような多様な文化サークルが女性たちに学びの場と機会を与えてもいたのである。

もう一つ重要なリテラシー獲得の回路として武家奉公がある。こちらのほうはより広い庶民層をまき込んだ回路となっていた。奉公先も将軍家や大名家から旗本、幕臣、御家人などさまざまな格があり、中・下級武士層から上層町人や名主クラスの農民層など上層庶民の親たちは娘たちに「箔」をつけようと武家奉公面接のために事前教育をほどこした。すでに一八世紀中頃から文字学習に加えて「女芸一通り」の稽古事（三味線、琴、舞など）を習うのが武家奉公受験の必須事項になったという。[*69] そのような風潮が音曲・舞・華道などの女性師匠が自立して生活できるようにもさせたのだった。

また、武家奉公中に文字学習や教養を身につけたり、さらに高めることも可能だった。たとえば、奥奉公で「祐筆《ゆうひつ》」（記録や手紙などを執筆する役）を経験した後に、「女《め》筆《ひつ》指南」や寺子屋の女性師匠として書き方教室を開き、生活することができたという。

鹿児島における江戸期の女性表現者たちも薩摩藩の奥女中経験者が多い。[*70]

女が書く男同士の物語——荒木田麗女《れいじょ》『怪世談《あやしのよがたり》』という地下水源

二〇世紀後半になってから、女性たちが集合的に「男性同士の恋愛物語を書き、読み、話題にする」サブカルチャーが創出され、その後商業的にも一つの女性向けジャンルとして形成されたことはよく知られている。とはいうものの、そうした近年のサブカルチャーの現象と、それ以前の時代に書かれた女性作家の作品を短絡的に同等に扱うことには慎重でなければならないだろう。

しかし、そもそも女性が男性同士の絆や恋愛関係に何らかの「意義」を見いだして書くことはあまりないことである。ゆえに、なぜ彼女たちはそうした物語を書く（あるいは興味を持つ）のかという「問い」自体はあってもよい。そうなると、派生的に現在の集合的なサブカルチャー以前でも、女性たちがそうした主題の作品を書いていたのかどうかという別の「問い」が生じるのである。[*71]

ところで、「女性が書く男性同士の恋愛物語」（ここで、便宜的にこうした物語をBLと定義しておこう）[*72]には顕著な特徴があり、互いの精神的な絆が軸になっている。だから、『源氏物語』における空蟬の弟である小君と光源氏の関係の描写は男性同士（もっとも男性と少年であるが）の性愛的な匂いのする場面になっているとはいえ、BLにはあてはまらない。光源氏の精神的な方向が空蟬にむいているからである。[*73]

それならば、安永七年（一七七八）に書かれた荒木田麗女の短編集『怪世談』のうちの一編である「立田山」（第二〇話）はどうであろうか。時代背景は平安王朝に設定されている。あらすじは以下のようである。

人柄も才能にも恵まれ、活躍していた少将が些細なことから流されてしまった。そのころ、南の海に海賊が現れ、貢物の船を襲った。海賊は海辺に城を築き、海路と陸路に分けて荒らしまわる。朝廷は討手を下すが賊に負けて逃げ帰る始末だった。

しばらくすると、「流された少将以外、賊に太刀打ちできる武人はいない」とのうわさがたつ。それをきっかけに朝廷は少将を召還し、討手使の命を下す。

戦いを翌日にひかえた夜、少将の船が海賊の城に近づくと笛の音がする。少将もそれに応えるように笛を吹く。すると笛の音は合わせるかのようにより高くなる。笛を吹きながら小舟で近寄ってくる賊が誰であるか少将はすでに気がついていた。ついに小舟が少将の船に到着し、海賊は乗り込んだ。

賊の男は伊賀の何某とかいう少将の乳母子《めのとご》（乳兄弟）だった。二人は久しぶりの出会いにものも言えず泣きくれた。乳母子の男がいうには、「あなたさまが流されたので私は海賊となって、あなたが討手使となるようはかったのです」ということだった。

少将は驚き、この男を罪人にしたくないといとおしく思う。その夜、二人は歌を詠み、酒を酌み交わした。

めぐりあふこよひの月にうらなみもむかしにかへる音ぞ聞こゆる
めぐり逢契り朽ずは秋の月千夜もかはらで見るよしもがな

翌朝、賊は城を明け渡した。少将は帰京し、事情を朝廷に申し上げ、伊賀の命乞いをした。朝廷もあわれに思い、賊たちは赦されて都から追放され、伊賀は山寺に遣わされた。少将はこの手柄で昔のように栄えたという。[*74]

「乳母子」(制度)とは乳母の実子で、主人の子と乳母子はふつうの主従以上の連帯感をもつ擬制的血縁関係である。門玲子はこの物語を少将とその乳母子である伊賀との「純一な兄弟愛」と評している。男性同士の濃い情愛を主題にして書いたこの作品は、ＢＬとしての唯一の「地下水源」とはいえないまでも、そのうちの一つにかぎりなく近いと思われるがどうであろうか。[*75]

さて、このような例をみると、江戸期に女性が男性同士の絆の一環として男色を主題にした物語を書いたとしても不思議ではないように思えてくる。もちろん、他の地域の稀な例を参照したとしても「西薩婦女」の傍証になるかは疑問だろう。

だが、これまでみてきたように、紡織の仕事は武家女性までひろく携わっていたこと、一九世紀には社会秩序の揺らぎがみられたこと、リテラシー獲得には多様な回路があったことなどを考慮すると、「西薩婦女」が江戸期の女性表現者の一人である可能性は無きにしもあらず、なのではないか。いずれにせよ、確証がない段階ではこのような推察も許されよう。

❖

梅の花を背景に笛を吹く楚々とした少年の姿。リラックスはしているものの、凛とした気品が漂う。表紙カバーは鹿児島県曽於《そお》市財部《たからべ》郷土館に所蔵されている掛け軸の絵画である。

似たような情景が本作にある。吉田大蔵が想いをつげに屋敷へ行くと、三五郎が座敷の戸口で縁の柱に寄りかかりながら一心に天吹を奏でている。庭には梅が咲き、雪かと見まがう白砂が広がっている春の暮れがたである——おそらく絵師はこの情景に想を得てこの絵を描いたのであろう。

現在の曽於市財部町北俣には三五郎の墓がある。地元ではこのあたりの台地を古井原《こいばる》と呼んでいる。庄内の乱における「古井原の戦い」で戦死したと伝えられている三五郎は、この墓の近くで亡くなったとされる。『三国名勝図絵』によると、元は塚が墓標だったらしく、後に子孫の平田利左衛門が墓石を建てたとある。

平田三五郎の墓（正面、筆者撮影）

なお、二〇一五年に市指定文化財（史跡）となった現存の墓の正面から向かって右側面には「明治三八年二月一八日改正　平田□□（二文字不明）郎　平田宗市　平田次右エ門　見事舞人　黒木伝次郎」と刻されている。「見事舞人」とは管理人のことをさす。後方には上部が欠損した「五郎」と読むことのできる石があり、これはより古い墓だとみなされている。吉田大蔵の墓も三五郎の墓より少し離れたところにあったとされるが、『三国名勝図絵』の記述でもすでに不明となっている。

また、この墓の斜め後方に三五郎のおじにあたる宮内式部佐衛門（同じ合戦において一五歳で戦死）の墓がある。『財部町郷土史（改訂版）』によれば、三五郎と宮内式部の墓地に以前は大きな松があったとされる。しかし、現在は松の大木は存在せず、桜の木がある。掛け軸に描かれている花が桜なのか梅なのかについては判別しがたい。『賤のおだまき』では梅とされている。これにはわけがあり、以前から若衆は梅の花にたとえられることが多かったからである（注＊30を参照）。

曽於市教育委員会によると、掛け軸は墓を管理していた黒木家が所有していた。黒木伝次郎氏の曽孫である東山サダ氏が墓の管理をしていたが、その後、黒木家から財部郷土館に寄贈されたという。

なお、三五郎が奏でている笛は掛け軸の中では天吹となっているが、鹿児島在住の天吹研究家の生駒綱雄氏によれば、慶長期だとすれば当時の現物も残っている「一節切《ひとよぎり》」（節が一つだけの小ぶりの縦笛）であっただろうということである。ただし、薩摩では一節切も天吹と呼んでいたらしいので、絵の中で三五郎が天吹を奏でていたとしても時代考証的に誤っているというわけではないという。

三五郎には若くして戦死した敦盛のイメージが重なっていることは先に述べた。敦盛は祖父から譲り受けた「小枝《さえだ》」（謡曲では「青葉の笛」）という横笛の名手であった。それ以来、少年が横笛を吹くイメージが一般化したのであろうか、本書で採用した「明治の木版画風挿絵」では、三五郎が横笛を吹いている（五〇頁）。一方、天吹は一節切と同じく長さ三〇センチほどの小ぶりで三つの節がある縦笛であり、小鳥がさえずるような可憐な音色が特徴だという。月溪恒子によれば、天吹は一六世紀後半に薩摩で盛行し、慶長八年（一六〇三）の日葡辞書にも「テンプク」の名が記載されているということである。一節切とともに天吹も中世における尺八系縦笛として区分できるという。

薩摩琵琶とともに天吹は郷中教育の一環であったが、明治三〇年代に楽器は勉学の邪魔になるとして両者とも禁止された経緯がある。

掛け軸の絵師については不明とされていたらしいが、今回、落款《らっかん》部分の画像（「貞英」という白印と「服」の文字が判別できる朱印）によって幕末・明治期の日本画家である服部英《えい》龍《りゅう》ではないかと筆者のほうで見当をつけることができた。そしてその白印が、霧島市立国分郷土館所蔵（英龍筆）「西郷南洲の兎狩り」の白印（「貞英」）と一致することが判明した。その後、曽於市教育委員会の加塩秀樹氏立ち合いのもとで三五郎の掛け軸を展示から外して直に見せていただいた。その時に掛け軸裏面の上部に「服部貞英」というメモ書きがあることを確認した。黒木家では一九九五年に掛け軸の表装を新しくしており、そのさいに落款を読み取ってメモを書き残したのだと思われる。白印の照合とこのメモ書きによって絵師を確定できたことになる。

服部英龍（一八四二―一九〇五）は旧大隅《おおすみ》国国分郷向花《むけ》村出身で、長崎で日本画を学んだ。本名は有馬貞英である。『国分郷土誌』によれば、英龍の絵は市内の旧家などに残されているという。「西郷南洲の兎狩り」は、国分郷日当山《ひなたやま》温泉にたびたび訪れて狩猟をしていた西郷隆盛の肖像画の一つとしてよく知られている。

❖

現代語訳を担当された鈴木彰氏とは以前、研究室が隣同士だったというよしみもあり、声をかけさせていただいた。ご専門は日本中世文学でとくに平家物語を研究されておられるが、最近では薩摩藩に関するテーマにも取り組んでおられるという。今回の企画の申し出にさぞや驚かれたと思うが、寛大にもお引き受けくださっただけでなく、流麗な文体で訳していただいた。お礼申し上げます。

また、本書の企画がスタートしてから途中で伊牟田經久氏が『賤のおだまき』の研究をされているということを知った。今回は鈴木氏を通してその研究の主要成果のいくつかを使わせていただいた。感謝申し上げます。

企画段階で鹿児島に関する研究者について相談にのっていただいた鹿児島出身の駒走昭二氏（日本語学）と解説を読んでくださった前田禎彦氏（日本歴史学・古代史）にも感謝いたします。

また、史資料収集に関しては、鹿児島県立図書館の職員の方々、神奈川大学日本常民文化研究所の職員の方々、同大図書館の伊藤さやか氏にいろいろとお世話になった。三五郎に関する史資料や服部英龍筆の絵画の落款に関する画像等の情報を曽於市教育委員会社会教育課文化財係の加塩秀樹氏と国分郷土館の塗園みどり氏にお手数をおかけしたにもかかわらず、丁寧に対応をしていただいた。天吹に関しても研究家の生駒綱雄氏を加塩氏にご紹介いただき、インタビューすることができた。改めてお礼を述べさせていただきます。

なお、さまざまな方のご協力にもかかわらず、もし解説に不備があるとしたら、もちろんその責任はすべて私にあることは申し上げておきたい。

そして企画段階からなにかと助言もいただいた平凡社編集部の竹内涼子氏に今回もいろいろとお世話になりました。お礼申し上げます。

注

*1――『賤のおだまき』には、「賤のおたまき」、「賤之麻玉記」（鹿児島県立図書館所蔵の写本）などさまざまな表記があるが、本書では『賤のおだまき』で統一した。

*2――この後に、「吉野山峯《やまみね》の白雪踏み分けて入りにし人の跡ぞ恋しき」（吉野山の峰の白雪を踏み分けながら山中深く入って行ってしまわれた、あのお方の跡が恋しく思われる）と続く（『義経記』）。

*3――江戸時代の幕臣であった森山孝盛の随筆集『賤のをだ巻』（一八〇二）や、前津居士の『賤のをだ巻』（写本、成立年不明）などがある。

*4――「いにしへの　しづのをだまき　いやしきも　よきもさかりは　ありしものなり（身分の低いものでも高いものでも、盛りの時期はあるものだ）」（『古今和歌集』巻一七雑歌上・八八八）

「むかし、ものいひける女に、年ごろありて、いにしへの　しづのをだまき　くりかへし　昔を今に　なすよしもがな　といへりけれど、なにとも思はずやありけむ（昔、かつて関係を結んだ女に、何年かたって男が「もう一度、あなたと愛し合った昔の仲を、今にとりもどす手立てがあったらよいのになあ」と詠んだが、女は何とも思わなかったのであろうか、何も言ってこなかった)」(『伊勢物語』第三二段)

＊5――本作の題名の「しず」がなぜ「賤」の漢字を採用しているのかに関しては筆者の手に余る。だが、他の同名の随筆集の題名にも「賤」が使用されていることから、たとえば一八四七年の『賤者考』(当時の「賤しき者」たちについての考察)の意味がこめられているわけでもない。

＊6――この時期は、文禄の役(一五九二)から豊臣秀吉が朝鮮侵略を実行しており、物語の直接の背景となっているのは二回目の侵略となる。

＊7――庄内の乱の背景には、重臣の伊集院幸侃が豊臣政権の石田三成らと密接な関係をもち、島津氏との間にたってさまざまな交渉を続け、豊臣政権から優遇されてきたということがある。島津氏が豊臣政権に降伏した直後(一五八七年、秀吉の九州遠征に無条件降伏)、政権は肝付《きもつき》一郡を、さらに文禄の太閤検地のあとに日向国庄内(都城)八万石を幸侃に宛行うように島津氏に命じている。そうした経緯があって、島津氏の豊臣政権への不満が恨みとなって幸侃に向けられたとされる。なお、庄内の乱など歴史的経緯に関しては、主に山川出版社の『鹿児島県の歴史』を参照した。

＊8――しかし、その後関ヶ原の戦いにて西軍についた島津氏は、西軍の劣勢をみて「島津の退き口」と呼ばれる強硬な敵中突破をして帰国する。これに怒った家康は九州諸大名に島津攻めの準備を命じたが、義久らは西軍参加について「やむを得ず味方した」と謝罪して和平交渉が開始された。義久は徳川方の再三の要請にもかかわらず上洛を渋っていたが、ついに根負けした家康

が島津氏所領の安堵をした。そのさい、忠恒は伊集院忠真とその一族を誅殺し、義久の代理として上洛し、家康に所領安堵の礼をした。それで、徳川氏と島津氏との主従関係が結ばれたとされる(『鹿児島県の歴史』一七〇―七二頁)。

＊9――連の『庄内軍記』関連に関しては、橋口晋作「「庄内軍記」の成立と展開――その材料(資料)を中心に」に依拠している。

＊10――たとえば、『雪折り竹』(写本の表紙に嘉永二年(一八四九)とあるが、成立年かどうかは不明とされる)、『雪折之松』(松嶋三五郎と横田市助)などである。前者は、春田主左衛門(島津方)と内村半平(伊集院方)という若い武士同士の衆道関係を描いた戯作である。こちらは『賤のおだまき』とは異なり、物語の冒頭と最後に男色を称え勧める内容となっているが、内村に先立たれた春田が「死狂い」になり、主君の小姓を殺害して切腹を命じられるという悲惨な結末である(橋口 1989)。さらに最終部には、「後世男色を好まん人――」という表現があるが、『賤のおだまき』にも類似の表現があることは興味深い。

＊11――なお、作者に関しては不明とする説もある(橋口 1990)。第三段は若衆富山次十郎の戦死が扱われている。

＊12――そうした背景のもとで、活版による翻刻と予約出版が流行することになった。明治一四年の政変後の政府による自由民権運動に対抗する文教政策が影響して、まず儒教道徳の復活で漢籍翻刻ブームが到来する。ややおくれて曲亭馬琴や為永春水などの読本・人情本・滑稽本など戯作小説の翻刻が流行したという。このあたりは前田の「明治初期戯作出版の動向」(1973=2001)を参照した。

＊13――『自由燈』における連載開始時の前書きによれば、最初の活版本の発行部数は数百部だと推定される。

＊14――おそらくこのような経緯を考慮して、大正五年にA版の復刻版が出たと思われる。複写の手段として（手書きの）書写の他に謄写《ガリ》版が加わるのは、謄写版が商品化した明治二七年以降のことである。

＊15――二〇一六年八月現在。

＊16――国学者亀田次郎（一八七六―一九四四）収集の国語学関係書を集めた文庫。

＊17――底本（国立国会図書館所蔵、請求番号 913.6/Si578/(1884)）

・黄表紙和装本、序文（四方子、明治一七年三月）、跋文（蜻蜓州西尽処狂士、明治一七年四月）、「古拙な」挿絵あり、奥付なし。

・表紙の題簽に「賤のおたまき　完」

・表紙には「珍」という印が押されている。

・内容的には文教社版と同内容。挿絵は見開き分一つ多い。

＊18――底本には、「26.9.10」という日付印があり、この年号が「昭和であること」と、底本が「いつから公開されていたのかについては不明」ということを国会図書館に確認した。

＊19――『賤のおだまき　完』（明治一八年八月、市村丁四郎出版、国会図書館デジタルコレクション）より転載。

＊20――主人公の年齢が数え年であるとみなし、一歳分を引いてある。

＊21――このことが単に作中人物だけではないことは、田岡嶺雲の自伝『数奇伝』（明治四五年、一九

一二）に明らかである。

＊22――男色が「天理に適わないもの」であるという考えはすでに一七世紀前半の仮名草子『田夫物語』でも登場しているが、そこには「自然に反する」との明確な基準はない。

＊23――ただし、『数奇伝』は明治四五年（一九一二）出版である。

＊24――高橋阿伝こと高橋お伝は、明治一二年（一八七九）に斬首刑の後、警視庁病院で解剖されている。

＊25――ただ、明治二〇年（一八八七）頃は「毒婦」が「精神の病」を患う病理的存在として解釈され始めた転換期でもある。また木村直恵によれば、その年に創刊された『国民之友』において、明治一〇年代を旧世代代表の「壮士」の時代として、新世代の「青年」と対比させる新たな世代論的な見方と行為実践が登場したという（木村 1998）。

＊26――薩摩隼人の海軍軍人、樺山資紀伯爵の孫娘。実業家の白洲次郎と結婚。作家。一九一〇―九八。

＊27――これらに加え、町民など庶民層も参入していた若衆歌舞伎や陰間茶屋などの売色世界がある。

＊28――『決定版　対訳西鶴全集6』の「解説」を参照。『心友記』（一六四三）、『よだれかけ』（一六六五）、『男色十寸鏡』（一六八七）など。なお、「衆道」は必ずしも武士同士の念友関係のみを指すわけではない。

＊29――ほぼ一八世紀への転換期である江戸中期になると男色が衰退していく傾向にあったという。そのことを象徴する出来事が、近松門左衛門『曽根崎心中』（一七〇三）の大ヒットといえるかもしれない。遊女と町人の男女間の関係を描いたこの世話浄瑠璃は座元での上演が半年も続き、以降、近松は心中ものを書き続けることとなる。「心中」とはもともと「胸の内を示す」とい

う意味だった。それが（主に男女の）「情死」を意味するようになったのは元禄から享保（一七世紀末から一八世紀初期）にかけての時期だといわれる。

＊30——さらに西鶴は「色はふたつの物あらそひ」と題する序章に相当する部分で、男色と女色を比較している。その背景として近世当時、男性からみて「色道ふたつ」と言われていたことがある。また、西鶴は男色の相手としての若衆を「針ありながら初梅にひとしく」と礼賛し、一方の女色の相手としての女性を「花は咲きながら藤づるのねじれたるがごとし」としている。

＊31——『葉隠』では主君への忠誠が「忍恋《しのぶこい》」などにたとえられているが、奉公としての武士道の真髄が考察されており、衆道との両立はないとする。

＊32——神田嘉延「薩摩の郷中教育研究の基本視点」、一二七頁。

＊33——「義キョウダイ」の契り（同性間の絆）は、男性同士だけでなく、女性同士の場合にも存在していたと氏家幹人（1995）は指摘している。寛政二年（一七九〇）頃の随筆である森島中良『見聞雑誌』には「女兄弟分」という項目があり、「宮仕の女子、ひそかに義を結びて兄弟分となる事あり」と書かれているという。

＊34——柳父章『翻訳語成立事情』九〇—九四頁。

＊35——「心中立て」は江戸初期から中期にかけてよく流行したという。その方法には起請文・誓紙を書くこと、爪をはがす、髪切り、入れボクロ、彫物《ほりもの》、指切りなどがあった。なかでも「貫肉《かんにく》」は肘や股などを脇差や小柄で刺し貫いて誓うやり方でより強い契約を表現するため、衆道から由来しているとの見方がある。また、血判とは、署名の上に血液を滴らせることであって、血で拇印を押すことではないという（小池藤五郎『好色物語』）。『賤のおだまき』でも、二人が

起請文を書くさいに、吉田大蔵が三五郎の手で自分の腕を貫肉させる場面がある。

　なお、念友関係は兄分と弟分というように年齢差があることが多い。弟分だった男性も元服とともに弟分を「卒業」するとされていた。しかし、同年齢同士や念友関係を一生続けることもあったようである。『男色大鑑』における後者の例は「詠《なが》めつゞけし老木《おいき》の花の比《ころ》」（第四巻）にみえる。そこでは六〇代の老いた義兄弟の二人が登場する。その年になっても兄分は弟分をいまだに若衆のように思い続けており、弟分も上等な鬢付け油を使い、若衆のような身だしなみをしていたと描かれている。このように書くとたいへんロマンティックな物語のようにみえるが、西鶴の視点はもっとシニカルである。二人の家の前でおしゃべりをしていた女たちを箒で追い払うシーンの描写には「偏屈な隠遁者」のイメージが強く出ている。
＊36――「この男色物語が女性の手になったことを明らかにしていることもおもしろい」と記されている。
＊37――南方熊楠や江戸川乱歩などと交流があった男色研究家。『男色文献書志』では、『賤のおだまき』は明治一八年版（市村丁四郎出版）と大正五年の文教社版が紹介されており、「西薩婦女」の部分が引用されている。
＊38――もちろん、この「女性書写」説も否定はできない。
＊39――その情報が事実であるとはかぎらない。
＊40――ただし、当時は武士身分であってもリテラシーがない場合もあった。
＊41――周知のように日本では、近畿から西の地方（中国・四国・九州）を「西国」と呼んでいた。たとえば、岡山の医者で旅行家の古河古松軒（一七二六―一八〇七）による山陽や薩摩の旅行記

の題名は『西遊雑記』である。

＊42——幕末から明治初期に設立された紡績所（鹿児島・堺・鹿島）を「始祖三紡績」と称する。鹿児島紡績所設立は島津斉彬の紡績事業計画に端を発している。斉彬の死後、島津忠義がその遺志を継いで留学生派遣とともに、紡績機械の購入と技師招聘を五代友厚や新納刑部に命じた。五代らはイギリスの工業地帯を視察し、慶応元年（一八六五）にプラット・ブラザーズ社に発注した。慶応二年から工場建設を始め、慶応三年に紡績機械を積載した帆船レディ・アライス号が到着すると藩側は帆船ごと購入したという。イギリスから招聘した技師たちは七名だったが、幕末期の情勢に不安を感じて在留わずか一年で帰国してしまったとある。なお、鹿児島紡績所は廃藩置県後に商社組織に改組されたりしたが、明治三〇年に廃業している。

＊43——第二期（自由競争時代）は日清戦争後から日露戦争まで、第三期（募集地保全時代）は日露戦争以後としている（細井　六八—七四頁）。

＊44——「武士も足軽くらいではなかなか紡績所へ入るのは困難であった」とある（細井　二八—二九頁）。当時の写真によると、工場そのものも石造りの洋式工場であった。すぐ近くに現存する技師たちの宿舎として建てられた「異人館」も幕末期の洋風建築で、工場とともに周囲から区分された「異国情緒」の風景になっていた。

＊45——農商務省商工局『職工事情』（第三巻）による。

＊46——絹川太一『本邦綿絲紡績史　第一巻』一四二頁。なお、鹿児島紡績所の場合、職工たちは紡績所後方の山上に位置する吉野村や市内から通勤していたという。

＊47——隅谷三喜男『日本賃労働史論』においては、明治前期までの紡績業女性労働は窮乏士族の救済

的意味が強く、いまだ近代的労働者とは言いにくいとしている。

＊48――出水市立歴史民俗資料館の『展示資料目録（Ⅰ）』によれば、文久三年（一八六三）六月の日付が書かれている書写『賤野麻玉木』が所蔵されている。この書写の存在については、鈴木彰氏の独自調査から知ることができた。

＊49――斉彬の幕末における殖産興業は工場につけられた総称を使用して「集成館」事業と呼ばれる。

＊50――慶応元年（一八六五）頃には、約四〇名の職工が働いていたという。そこでも「多くは男子」（絹川　四八―五〇頁）とされているが、女子の存在もあったようである。

＊51――原口虎雄「鹿児島県の歴史」『郷土の歴史　第8　九州編』四一五―一六頁。

＊52――安政四年（一八五七）、ちょうど田上水車館が設置された時期に（現在では失われているが）写本が存在していたという情報は、伊牟田經久氏（鹿児島大学名誉教授、日本古典文学）に（鈴木彰氏を通して）ご教示いただいた。

＊53――遠藤元男『織物の日本史』一三一頁。

＊54――『三国名勝図絵　第四三巻』二三頁。他の綿布産地としては、川辺、加世田、甑島、小根占、花岡など。「多く出っ、世に桜島綿布と号す、頗る上品とす」と書かれている。

＊55――たとえば、桑名藩士の渡部勝之助による『柏崎日記』（一八三九―四八）によれば、妻の菊は家族の着物を裁縫するだけでなく、機織りまでしていたことがわかる。とりわけ裕福ではない地方中層以下の武家女性において家事は奉公人にまかせ、機織りの内職をして家計を助けることもあったという（菊地ひと美『江戸の暮らし図鑑』）。

＊56――伊牟田經久氏の見解によれば、『賤のおだまき』の成立は一九世紀前半ではないかということ

である。同様に一九世紀前半成立説をとるのは島津正である。島津は『薩摩琵琶　形見の桜』が一九世紀前半の作であるとし、「その頃流行っていた小説」として『賤のおだまき』をあげている。しかし、そのことについての実証はないままである。

*57――文学以外では戦国時代には、実質的に軍政を取り仕切る著名女性たちもいた。ところが江戸期になると、いわゆる教科書に掲載されるような有名人女性は男性権力者とのかかわりで言及されることがほとんどである。これは「教科書に誰を掲載するか」という認識側の問題と関連している。

*58――明治期では、江戸期の女性表現者は良妻賢母のモデルとしてとらえられ、紹介されることもあったようである。「女性表現者」の紹介として戦前には、与謝野晶子纂訂『徳川時代女流文学麗女小説集』（一九一五）や古谷知新編『女流文学全集』（一九一八）、女子学習院編『女流著作解題』（一九三九）などがある。戦後には会田範治ほか編『近世女流文人伝』（一九六〇）、久松潜一・吉田精一編『日本女流文学史』（一九六九）、古谷知新編『江戸時代女流文学全集全四巻』（一九七九）などがあげられる。女性学やジェンダーの視点からの先行研究としては、柴桂子『江戸時代の女たち――封建社会に生きた女性の精神生活』（一九六九）、関民子『江戸後期の女性たち』（一九八〇）、門玲子の一連の著作（『江馬細香』一九七九、『江戸女流文学の発見』一九九八）などがある。

*59――一般的にいっても、化政時代（文化・文政時代＝一八〇四―三〇）あたりからの江戸中心の町人文化が諸産業の発達、海陸交通路の整備などに支えられたことが指摘されている。また、経験合理主義の発達（医学、天文暦学、経世論など）があり、人々のものの見方も川柳や滑稽本

の流行にみるように風刺や諧謔を特色とした。幕藩制社会の弛緩の時代でもあるので、政治的・批判的観点からの出版物も多く出現した（高尾一彦『横笛と大首絵』二一四―一九頁）。

*60――『公事方御定書』制定以後、五回にわたって編纂され、「古類集」「新類集」「続類集」「天保類集」と呼ばれる四集が現存する。

*61――『犯科帳』とは、寛文六年（一六六六）から慶応三年（一八六七）まで二〇一年間もの長崎奉行所の判決記録である。その記録のなかで判決を受けたり、申し渡しを受けた女性は二千人以上にもなる。当時の長崎は幕府直轄地であり、江戸から長崎奉行が派遣されていたために、幕府の支配政策を知ることができる史料となっている。

*62――「無宿」とは、幕府のキリシタン禁制政策による「宗門人別改帳」の記載から名前を削除された者をさす。多くは自己都合や勘当などで村を離れたり、追放刑になった人々である。

*63――『たけ』は五年後の天保八年（一八三七）にも『御仕置例類集　天保類集』に再び掲載されている。男装を続けたのみならず、役人の手先を名乗った罪で、「人倫を乱し候者」という新しい項目で分類され、「遠島」（当時は死刑以外で最も重刑）に処された。

*64――しかし、「かね」はその事件以前に親元を飛び出して無宿者となっていた点を咎められ、評定所は「急度《きっと》叱《しか》り」（奉行所などでその罪を叱責するもののうち、重いものをさす）が適当だとした。さらに上の老中において、結局、「江戸払い（立ち入り禁止）」の判定となったという。関民子（1996）は、この幕府の判決を「強姦における女性の人格の侵害という側面を考慮したもの」と評価している。それまで強姦は「夫（もしくは家長）の権利に対する犯罪」とされてきたからである。

＊65——近世の読本の多くは時折挿絵が入るので「絵入読本」と呼ばれていた。漢字にはルビがふってあるので、寺子屋で一年も学べば読むことができたという。『南総里見八犬伝』も絵入読本の一種である。このジャンルに新たに登場したのが、女性読者を対象とした「人情本」という恋愛小説である。その嚆矢は式亭三馬『浮世風呂　女湯之巻』で、その弟子である為永春水の『梅暦』シリーズ（一八三二—四一）が本格的な人情本ジャンルを確立した。青木美智男は、その成功は性的描写を抑制して純愛に近い女性たちの心情描写を心がけたからではないかと指摘している。

＊66——この資料は海原徹著『近世の学校と教育』（一九八八）で引用されているが、この明治一六年（一八八三）の統計についてはデータの不確かさがしばしば指摘されている。だが、当時の統計自体が少ない状況では推測するためのデータとしては有用であろう。同じ資料における他地域での寺子屋数は、東京四八七、大坂七七八、長野一三四一、福岡一六〇、大分四八二、佐賀二七、熊本九一〇などである。なお、全国的にみれば、寺子屋における女子在籍率が低いのは東北・九州地方であり、逆に東京・京都・大坂は相対的にやや高い。

＊67——「三従総て欠く一生涯」とは、「女が従うべき三つのもの、それら総てを無視すると決めた私の生涯です」の意。その後細香は、江馬家を訪れた頼山陽の門人になり、以後二〇年近く指導を受けた。二人を「恋人同士」の関係に矮小化するむきもあるが、むしろ師弟愛という友情で結ばれていたという。

＊68——古文辞学者の亀井昭陽の娘である亀井少琹《しょうきん》（一七九八—一八五七）も父から漢学を習い、詩書画に才能を発揮した。彼女も一五歳のときに書斎をもらっている。または少琹とほぼ同時代の

原采蘋《さいひん》（一七九八―一八五九）の父（原古処《こしょ》）は筑前秋月藩の儒者であった。古処はのちに私塾を開き、采蘋は父の代講も可能なほどの学力があったという。京都や江戸に単身遊学の旅に出た采蘋に対して父は「名無クシテ　故城ニ入ルヲ許サズ」との詩を贈っている。父の死後、江戸に二〇年ほど暮らしたのちに故郷に帰り、家塾を開いたという。

門玲子は、詩作のために自分の書斎と時間、父親らの支援を得ていた女性漢詩人が一九世紀前半の江戸期に存在していたことをヴァージニア・ウルフが知ったとしたら何というであろうかと想いを馳せている。ウルフは一九二九年の講演で「女性が小説なり詩なりを書こうとするなら、年に五百ポンドの収入とドアに鍵のかかる部屋を持つ必要がある」と述べ、それは『自分ひとりの部屋』（平凡社ライブラリー、二〇一五）として一冊にまとめられた。江戸後期の女性表現者たちは自分だけの書斎を持つだけでなく、潤筆料（原稿料）という収入もあったとされる。

＊69――当時のこうした状況が式亭三馬『浮世風呂』に面白おかしく描かれている。朝から遊ぶ暇もないほどの習い事のスケジュールをこなす少女や、六歳の少女が乳母をつれて屋敷勤めに出ていることを母親が自慢する場面がある。

ただし、庶民出身者が格式の高い武家に奉公する場合、下級の使用人として雇われ、役職のある御殿（奥）女中とはいえなかったという。しかし、庶民の目からみれば、屋敷に勤めたことがあれば奥女中経験者とみなされ、「箔」がついたのである（三田村鳶魚『御殿女中』）。

＊70――一九世紀に活躍した薩摩藩奥女中出身の表現者には、「宇多女」（和歌）、「喜佐」（文書）、「瀬川」（和歌）、「藤田子」（和歌）、「町女」（和歌）、「うた子」（和歌）、「ゑ津子」（和歌）など多

く存在する（『江戸期おんな表現者事典（鹿児島県の部）』による）。

＊71——そうした「問い」に導かれて筆者が編集したのが、『古典BL小説集』（平凡社ライブラリー、二〇一五）である。

＊72——もともとBLとは、「ボーイズラブ」（少年同士の恋愛の意味）の略で、女子サブカルチャー（「やおい」）の後に商業化された際の小説やマンガに対するジャンル名称である。現在では男性が書いたとしてもBLとされることもあるが、このサブカルチャー創出の経緯からみれば書き手の属性は無視することはできないだろう。

＊73——あるいは、旗本の妻だった井関隆子が一九世紀中頃に日記の余白に描いた「寺の別当と馴染みの陰間」という挿絵（天保一一年（一八四〇）一〇月二六日付）がある。これは隆子が寺の開帳の宴席で目撃した様子を描いたものであるが、国学の実証的な研究態度を重視していた隆子の仏教関係者への批判的なまなざしで描かれたと推測できるので、こちらもBL的なものとはいえないだろう。

＊74——「立田山」に関しては、石村雍子の翻刻と現代語による抄訳および門玲子の抄訳を参考にした。

＊75——また、『怪世談』第二五話「橋柱」も興味深い内容である。美しい童に思いを寄せた高僧が誘われて夜にしのんで童の家に行くと、そこで昔関係のあった老女と出会う。童の計略に引っかかってしまった僧侶は狼狽するという話である。

麗女がこの三〇の話をまとめた短編集『怪世談』を書いたころは、中国の奇談や白話小説が愛読され、翻案ものの作品も多く書かれていたという。そのなかで有名なのは『怪世談』より二年前に出版された上田秋成の『雨月物語』（一七七六）である。これも短編集であるが、男性同士の精神的な絆を書いた「菊花の約」が麗女に与えた影響が気になるところである。

ところで、荒木田麗女（一七三二—一八〇六）とは、伊勢内宮の神職正四位、荒木田武遠《たけとお》の娘である。幼いころから書に親しむが、父母は女子に学問は不要とした。しかし、四人の兄が入門的な勉強を教えた。一三歳のときに、子どもがいなかった父方の叔父である荒木田武遇《たけとも》（伊勢外宮の御師。檀家の案内や宿泊などの仕事を受け持つ）の養女となる。叔父は好学の士で麗女に漢詩文を教え、和歌を習わせた。兄たちのすすめで連歌師に入門もしている。神宮の豊宮崎文庫の書物を利用できる環境でもあった。

麗女は二二歳で婿養子として笠井家雅《いえただ》を迎えた。家雅も学問好きで結婚してからは麗女の執筆生活を支援した。書物を書写して麗女に与えたり、執筆を勧めたのも家雅である。歴史物語、古典の研究、物語、俳諧、和歌、漢詩文、随筆、紀行文など約四百巻もの麗女の著作のほとんどを家雅が清書した。麗女の著作は出版されておらず、現存するものは写本や自筆本の形態だという。麗女の著作の中でもその多くは平安王朝貴族を題材とした擬古物語（『池の藻屑』『月の行衛《ゆくえ》』『笠舎《かさやどり》』など）である。

麗女の「強い個性」をあらわすとされるエピソードがある。王朝物語の一つである『野中の清水』（一七七二）が、国学の基礎を固めたとされる本居宣長の手にいつの間にかわたり、面識のない麗女が頼んでもいないのに全面的に添削をして返されたのである（「野中の清水添削」『本居宣長全集』別巻二、筑摩書房、一九七七）。宣長は、王朝物語の冒頭に漢詩文を引用したことをはじめ、構想、修辞、語法などの点で元の文章がわからなくなるほど全面的に添削した。それに対して麗女は出典を示して反論を書いた。しかし、それでも宣長が譲らないので激怒し、後の自伝に「難陳再三に及びて終にしたがはず」と書き、宣長のことを「田舎のゑせ書生」と呼んだのだった。

この麗女の「強さ」を人格的なものとみなすむきもあるが、制度的に麗女が強い社会的位置にあったことも影響しているだろう。伊勢神宮職の家であり（檀家に支配者がいるという宗教者の社会的身分の特殊性）、そのなかでも麗女は婿養子を迎えている身であった。それに、麗女は当時の国学者たちとは交流がない点もあげられる。「日本古来の真心の精神に返ること」「やまとごころ」を主張した当時の「ナショナリスト」宣長と、漢籍や中国の伝奇小説などに親しんでいた麗女とでは話は合わなかったであろう。

それから、もちろん麗女は著作活動に十分な自負があった。一八世紀後半の時期にありながら自説を曲げなかった麗女の存在はまことに興味深い。大正期に与謝野晶子が麗女の小説のアンソロジーを出版していることも注目される。

参考文献

青木美智男（2015）「近世後期女性の読書と蔵書について」横田冬彦（編）『読書と読者』平凡社

朝倉喬司（2002）『毒婦の誕生——悪い女と性欲の由来』洋泉社

池上英子（2005）『美と礼節の絆——日本における交際文化の政治的起源』ＮＴＴ出版

石井良助（編）（1973-74）『御仕置例類集　天保類集1～6』名著出版

石村雍子（1958）「本居宣長の文章批評について——荒木田麗女の作品「野中の清水」をめぐって」『日

本文学』８月号
――（解説）（1992）『荒木田麗女「怪世談」』朝霧叢書第22編、しののめ書房
伊豆野タツ（編）（1982）『荒木田麗女物語集成』桜楓社
井関隆子（1840-44＝1978）『井関隆子日記』深沢秋男（校注）、勉誠社
伊牟田經久（2010）『かごしま昔物語『倭文麻環』の世界』南方新社
井原西鶴（1687＝1992）『決定版　対訳西鶴全集６』麻生磯次・冨士昭雄（訳注）、明治書院
岩田準一（1944＝1956）『男色文献書志――近世文藝資料４』古典文庫
氏家幹人（1995）『武士道とエロス』講談社
内田魯庵（1902＝1953-54）『社会百面相　上・下』岩波書店
海原徹（1988）『近世の学校と教育』思文閣出版
梅村佳代（2015）「近世における民衆の手習いと読書」若尾政希（編）『書籍文化とその基底』平凡社
遠藤元男（1971）『織物の日本史』日本放送出版協会
「女と男の時空」編纂委員会（編）（1998）『年表　女と男の日本史』藤原書店
鹿児島市教育委員会（1967）『鹿児島紡績百年誌』
梶原正昭（校注・訳）（2000）『新編　日本古典文学全集62　義経記』小学館
片桐洋一・福井貞助・高橋正治・清水好子（校注・訳）（1994＝1999）『新編　日本古典文学全集12　竹取物語・伊勢物語・大和物語・平中物語』小学館
門玲子（1979＝2010）『江馬細香――化政期の女流詩人』藤原書店
――（1998＝2006）『新版　江戸女流文学の発見――光ある身こそくるしき思ひなれ』藤原書店

神田嘉延（2009）「薩摩の郷中教育研究の基本視点」『鹿児島大学稲盛アカデミー研究紀要』一二号
芳即正（1987）『調所広郷』吉川弘文館
菊地ひと美（2015）『江戸の暮らし図鑑――女性たちの日常』東京堂出版
絹川太一（1937＝1990）『復刻版　本邦綿絲紡績史　第一巻』原書房
木村直恵（1998）『〈青年〉の誕生――明治日本における政治的実践の転換』新曜社
小池藤五郎（1963）『好色物語』桃源社
小池喜明（1999）『葉隠――武士と「奉公」』講談社
国分郷土誌編纂委員会（編）（1997）『国分郷土誌』
小森陽一（1995）「日本近代文学における男色の背景」『季刊文学』第六巻第一号、岩波書店
柴桂子（監）、桂文庫（編著）（2015）『江戸期おんな表現者事典』現代書館
島津正（1997）『明治以前薩摩琵琶史』ぺりかん社
――（2000）『江戸以前薩摩琵琶歌』ぺりかん社
白洲正子（1997）『両性具有の美』新潮社
隅谷三喜男（2003）『隅谷三喜男著作集　第一巻　日本賃労働史』岩波書店
関民子（1980）『江戸後期の女性たち』亜紀書房
――（1996）『恋愛かわらばん――江戸の男女の人生模様』はまの出版
総合女性史研究会（編）（1993）『日本女性の歴史――女のはたらき』角川書店
田岡嶺雲（1912＝1982）「数奇伝」『日本人の自伝4　田岡嶺雲・長谷川如是閑』佐伯彰一・鹿野政直（監）、平凡社

高尾一彦（1989）『横笛と大首絵――近世の文化・芸能をめぐって』法政大学出版局
財部町郷土史編纂専門委員会（編）（1997）『財部町郷土史（改訂版）』財部町役場・財部町教育委員会
田中優子（1986=2008）『江戸の想像力――18世紀のメディアと表徴』筑摩書房
田村紀雄・志村章子（編著）（1985）『新版　ガリ版文化史――手づくりメディアの物語』新宿書房
月溪恒子（1986）「天吹の音楽的研究」天吹同好会（編）『天吹』天吹同好会事務局
長野ひろ子（2003）『日本近世ジェンダー論――「家」経営体・身分・国家』吉川弘文館
永原慶二（2008）『永原慶二著作選集　第八巻　日本経済史――苧麻・絹・木綿の社会史』吉川弘文館
農商務省商工局（1903=1976）『復刻版　職工事情　第三巻』土屋喬雄（校閲）、新紀元社
萩原秋彦（編）（1966）『注解　薩摩琵琶歌集』龍洋会
橋口晋作（1989）「翻刻　雪折り竹」『鹿児島県立短期大学地域研究所　研究年報』一七号
――（1990）「平田三五郎物語の流れ」『鹿児島県立短期大学地域研究所　研究年報』一八号
――（1993）「「庄内軍記」の成立と展開――その材料（資料）を中心に」『福岡女子大学　香椎潟』三八号
林玲子（編）（1993）『日本の近世15――女性の近世』中央公論社
原口泉・永山修一・日隈正守・松尾千歳・皆村武一（1999=2011）『県史46　鹿児島県の歴史』山川出版社
原口虎雄（1959）「鹿児島県の歴史」森嘉兵衛（編）『郷土の歴史　第8　九州編』宝文館
細井和喜蔵（1899=2015）『女工哀史』岩波書店
本田和子（1992）『江戸の娘がたり』朝日新聞社

——（1994）「江戸の才女の嘆き——只野真葛のこと」鈴木よね子（校訂）叢書江戸文庫30『只野真葛集』月報30、国書刊行会
前田愛（1970＝1989）「『賤のおだまき』考——『キタ・セクスアリス』の少年愛」『前田愛著作集2 近代読者の成立』筑摩書房
——（1973＝2001）「明治初期戯作出版の動向」『近代読者の成立』岩波書店
松本彦三郎（1944＝2007）『郷中教育の研究——薩摩精神の真髄』尚古集成館
三田村鳶魚（1930＝1998）『御殿女中』朝倉治彦（編）、中央公論社
宮城公子（2004）『幕末期の思想と習俗』ぺりかん社
本居宣長（1977）『本居宣長全集　別巻二』大野晋・大久保正（編集校訂）、筑摩書房
森鷗外（1909＝1993）『キタ・セクスアリス』新潮社
柳父章（1982）『翻訳語成立事情』岩波書店
山田美妙（1886＝2016）「新体詞華　少年姿」「山田美妙集」編集委員会『山田美妙集　第8巻』臨川書店
山本常朝・田代陣基（1716＝2006）『葉隠　現代語全文完訳』水野聡（訳）、能文社
山本博文（1994）『殉死の構造』弘文堂
吉井和子・有馬恵子（1993）「鹿児島県女子教育史の研究Ⅰ　明治以降の女子中等教育機関の成立を中心として」『南九州地域科学研究所報』第九号
吉井和子（1993）『薩摩おごじょ——女たちの夜明け』春苑堂出版
歴史教育者協議会（編）（2001）『学びあう女と男の日本史』青木書店

[訳者]
鈴木 彰（すずき・あきら）
立教大学文学部教授。早稲田大学大学院修了、博士（文学）。日本文学専攻。著書に『平家物語の展開と中世社会』（汲古書院）、共著に『平家物語を知る事典』（東京堂出版）、『図説 平清盛』（河出書房新社）、編著に『木曾義仲のすべて』『後鳥羽院のすべて』（ともに新人物往来社）など。

[解説]
笠間千浪（かさま・ちなみ）
神奈川大学人間科学部教授。早稲田大学大学院修了、博士（人間科学）。社会学、ジェンダー研究専攻。共著に『日本社会とジェンダー』（明石書店）、編著に『〈悪女〉と〈良女〉の身体表象』（青弓社）、『古典BL小説集』（平凡社ライブラリー）など。

平凡社ライブラリー 858
現代語訳《げんだいごやく》 賤《しず》のおだまき
薩摩《さつま》の若衆平田三五郎《わかしゆひらたさんごろう》の物語《ものがたり》

発行日………2017年8月10日　初版第1刷

訳者…………鈴木 彰
解説…………笠間千浪
発行者………下中美都
発行所………株式会社平凡社
〒101-0051　東京都千代田区神田神保町3-29
電話　(03)3230-6579[編集]
(03)3230-6573[営業]
振替　00180-0-29639

印刷・製本…藤原印刷株式会社
ＤＴＰ………平凡社制作
装幀…………中垣信夫

ISBN978-4-582-76858-9
NDC分類番号913.56　B6変型判(16.0cm)　総ページ200

平凡社ホームページ http://www.heibonsha.co.jp/

落丁・乱丁本のお取り替えは小社読者サービス係まで
直接お送りください（送料、小社負担）。